I0602773

La promessa dell'Alfa

Renee Rose

Traduzione di
Ema Ferrari

RENEE
ROSE

Copyright © 2016 Alpha's Promise e 2025 La promessa dell'Alfa di Renee Rose

Tutti i diritti riservati. Questa copia è SOLAMENTE per l'originale acquirente di questo e-book. Nessuna parte di questo e-book può essere riprodotta, scansionata o distribuita in alcuna forma stampata o elettronica senza previo consenso scritto da parte dell'autore. Si prega di non incoraggiare né partecipare alla pirateria di materiali protetti da copyright in violazione dei diritti dell'autore. Acquistare solo le edizioni autorizzate.

Pubblicato negli Stati Uniti d'America

Renee Rose Romance

Renee Rose® is a registered trademark of Wilrose Dream Ventures, LLC

(dba Renee Rose Romance)

Questo e-book è opera di finzione. Malgrado eventuali riferimenti a fatti storici reali o luoghi esistenti, nomi, personaggi, luoghi e avvenimenti sono il frutto dell'immaginazione dell'autore o sono usati in maniera fittizia, e qualsiasi somiglianza con persone reali – vive o morte – imprese commerciali, eventi o locali è una totale coincidenza.

Questo libro contiene descrizioni di molte pratiche sessuali e di bondage, ma è un'opera di finzione e, in quanto tale, non dovrebbe essere utilizzata in alcun modo come guida. L'autore e l'editore non saranno in alcun modo responsabili di perdite, danni, ferite o morti risultanti dall'utilizzo delle informazioni contenute all'interno. In altre parole, non fatelo a casa, amici!

 Creato con Vellum

OTTIENI IL TUO LIBRO GRATIS!

Iscrivetevi alla newsletter di Renee per ricevere Indomita, scene bonus gratuite e notifiche riguardo a nuove pubblicazioni!

https://subscribepage.com/reneeroseit

Nota dell'autrice

Nota dell'editore: questo libro è stato originariamente pubblicato nel 2016. L'autore ha apportato alcune modifiche al testo originale. Il libro include sculacciate e scene sessuali violente e intense. Se questo materiale ti offende, per favore non comprare questo libro.

Ringraziamenti

Un enorme ringraziamento a Whitney Cartwright per le informazioni sul mercato immobiliare di Colorado Springs, compresi i video delle case nel quartiere Old North!

Capitolo uno

Melissa si diresse sul marciapiede verso la casa in affitto fatiscente dove lei e il suo perdente, futuro ex fidanzato avevano vissuto per gli ultimi otto mesi. Non vedeva l'ora di chiudere con quel posto. I tacchi ticchettavano sul cemento, la gonna a tubino era troppo costrittiva nel caldo di inizio giugno dopo una lunga giornata passata a visitare case.

Si preparò al fastidioso disordine di scatole da trasloco mezze piene. Almeno significava che fra meno di un mese Jeremy sarebbe uscito dalla sua vita, per sempre.

La relazione non avrebbe mai dovuto nascere in primo luogo. Aveva scambiato il legame in una situazione di crisi (Jeremy le aveva salvato la vita dopo che lui e il suo amico l'avevano rapita l'anno scorso) per vero amore. Forse voleva solo ciò che sua sorella aveva con il suo nuovo marito.

In un'altra delle sue classiche mosse dettate dal cattivo giudizio, lo aveva perdonato per il rapimento, era stata grata per il fatto che avesse cambiato idea. Si era trasferita con il ragazzo che aveva messo in pericolo la sua vita. Quella dichiarazione incasinata riassumeva praticamente tutto. Era troppo leale, troppo fiduciosa. Pensava che l'attrazione sarebbe durata. Non era stato così. Quattro mesi dopo lo aveva completamente dimenticato, ma ne aveva impiegati altri quattro per capire come liberarsi dal loro contratto di affitto, anche dopo che si erano lasciati. La sua roba era già stata impacchettata nelle scatole. Entro quel mese si sarebbe liberata di Jeremy e di quella topaia.

Aprì la porta e la spinse, poi si fermò di colpo con un sussulto.

La casa era stata devastata. Distrutta.

Le scatole erano state aperte e svuotate: la roba era sparsa ovunque. I piatti di ceramica che aveva comprato dal suo amico artista al college giacevano in un mucchio di cocci, i quadri erano stati strappati dalle pareti e rotti.

Un singhiozzo le salì in gola. Si girò lentamente intorno, il cuore le batteva forte nel petto. Quando vide le parole color porpora scarabocchiate sul muro di fondo, urlò.

Pagate entro venerdì o morirete entrambi.

La attraversò una lastra di ghiaccio. Non riusciva letteralmente a muoversi, non riusciva a respirare. Le tremava tutto il corpo. Strinse il cellulare in mano, ma qualcosa le impedì di chiamare il 911.

Non era stato solo un furto. Era piuttosto una questione personale. E aveva a che fare con Jeremy. Era successo qualcosa in ambulatorio? Aveva sempre avuto paura di venire derubata a mano armata, era successo anche in altri ambulatori perché avevano preso un sacco di soldi.

Oh, Dio. Avrebbe dovuto saperlo. Avrebbe dovuto scappare via veloce e in fretta da Jeremy nel momento in cui si era liberata dal trauma del rapimento.

Aveva un talento naturale nel cacciarsi nei guai.

Frequentava le persone sbagliate. Gli piaceva fare festa e faceva uso di droghe. Poteva anche spacciare roba più pesante dalla porta sul retro dell'ambulatorio, non lo sapeva, aveva chiuso un occhio su tutto questo.

Chiamare la polizia avrebbe assicurato la morte di qualcuno? Deglutì. La sua?

Con dita tremanti, chiamò invece la sorella gemella. Ashley e Ben erano andati alle Canarie per la luna di miele. Non avrebbe dovuto disturbarli, ma... non sapeva davvero cos'altro fare. «Ehi, Mel» la voce di sua sorella rispose allegra attraverso l'auricolare.

«Mi dispiace disturbarti.»

Sua sorella colse immediatamente il tono teso e tremolante della sua voce. «Cosa c'è, Mel? Cosa è successo?» chiese Ashley bruscamente.

«N-non ne sono sicura. Sono appena tornata a casa ed è stato tutto distrutto. E c'è un messaggio scritto con lo spray sul muro.» Raccontò alla sorella cosa c'era scritto, senza dover esprimere i suoi sospetti sul fatto che si trattasse di qualche problema di Jeremy. Ben e Ashley avevano già la peggiore opinione di lui.

«Vado a controllare di sopra, ti dispiace restare al telefono con me?»

«Certo che non mi dispiace, ma non pensi che dovresti chiamare la polizia?»

Salì le scale, tenendo il telefono stretto all'orecchio, come se in qualche modo avvicinasse la sorella.

I toni taglienti di Ben erano iniziati alla menzione della polizia, e ascoltò sua sorella che gli spiegava cosa era successo. Gli intrusi avevano distrutto anche la camera da letto al piano di sopra. I cassetti della cassettiera erano stati rovesciati sul pavimento, la cesta era stata svuotata.

Sembrava che avessero persino strappato la moquette dal pavimento. Cosa stavano cercando? Soldi?

«Mel? Ben chiamerà qualcuno che conosce a Colorado Springs, quindi stai tranquilla, okay?»

«Okay.» Fu più sollevata di quanto volesse ammettere nel sentire che Ben sapeva cosa fare.

«Ti richiamo subito» promise Ashley.

Riagganciò e fissò il disordine, con le lacrime che le bruciavano gli occhi. Cosa avrebbe dovuto fare? Avrebbe voluto poter fare le valigie e andarsene subito, ma non sapeva dove andare. Dove avrebbe potuto affittare una casa con così poco preavviso? E non voleva affittare, accidenti, era così eccitata di comprarne una sua.

Ben Stone, il ricco nuovo marito della sorella gemella, si era offerto di aiutarla con un acconto così che potesse comprare una casa tutta sua.

Il rumore della portiera di un'auto che sbatteva la fece guardare fuori dalla finestra. Jeremy avrebbe dovuto avere una soluzione per...

Ma non era Jeremy.

Tre tizi dall'aspetto letale scesero da una Range Rover blu scuro e si diressero con decisione verso la porta d'ingresso. Non si preoccuparono di bussare e lei stupidamente non aveva chiuso a chiave.

Santo cielo. Erano lì, in casa. Stavano per ucciderla. Con il cuore che le salì in gola, si tuffò nell'armadio, infilandosi dietro i vestiti.

Ti prego, fa che non perquisiscano la casa.

Il telefono si illuminò, la prima nota della suoneria la mandò in una frenesia di scorrimento selvaggio per spegnerlo. Diventò silenzioso. Trattenne il respiro, ascoltando se gli uomini al piano di sotto se ne fossero accorti, ma sentì solo il suono delle loro voci mentre si chiamavano. Si stavano piazzando lì per aspettare lei e Jeremy?

Le mani le tremavano così forte che riusciva a malapena a leggere il telefono, ma vide che era Ashley che chiamava.

Le rispose con un messaggio.

Sono qui in casa.

* * *

Cody Steele lavò l'intonaco dalla cazzuola e pulì tutto. Quasi finito, solo un paio di mani di vernice veloci su questo buco nel muro riparato e la casa sarebbe stata pronta per essere messa sul mercato. Acquistare edifici e case storiche, ristrutturarle e rivenderle per un bel profitto aveva messo a frutto la sua personalità irrequieta e pratica. Le proprietà di CJ Steele erano diventate famose a Colorado Springs per i loro successi immobiliari e la sua azienda forniva lavoro alla maggior parte dei lupi del suo branco.

Niente male, considerando che suo padre lo aveva cacciato dal branco a sedici anni, dicendo che non avrebbe mai combinato niente. Era motivo di orgoglio aver avviato e reso la sua attività un successo completamente da solo, fondando un branco in una città in cui in precedenza c'erano stati solo membri usciti dal branco di Denver.

Il cellulare vibrò, lo tirò fuori dalla tasca e aggrottò la fronte. Ben Stone, l'alfa di Denver. Cosa diavolo voleva?

Rispose. «Sono Cody.»

«Cody? Ben Stone, da Denver.»

«So chi sei.»

«Ho bisogno di un favore da te, uno grosso.» C'era un brusco senso di urgenza nella voce del tizio.

Digrignò i molari. Abbastanza presuntuoso per uno che

non aveva nemmeno salutato lui o il suo branco da quando aveva assunto il ruolo di alfa nove mesi prima. «Non ricordo di esserti debitore.»

Stone non esitò. «Sarò io quello in debito. Mia cognata vive a Colorado Springs e si è cacciata nei guai. Sono fuori dal Paese, altrimenti sarei sceso io stesso a occuparmi delle cose.»

«Che tipo di guai?»

«Le hanno fatto irruzione in casa. C'è un messaggio minaccioso scritto con lo spray sul muro. Probabilmente quel perdente del suo ex fidanzato si è cacciato nei guai, ma lei non c'entra. Ho bisogno che tu la tenga al sicuro.»

Cazzo.

Questa era l'ultima cosa in cui voleva essere coinvolto. Ma avere Ben Stone in debito con lui sarebbe stata solo una buona cosa per il suo branco. Ben aveva tutti i tipi di risorse, e il denaro era in cima alla lista. Aveva anche un grande branco con membri con ogni tipo di abilità, ed essere in buoni rapporti con loro avrebbe significato non doversi mai rivolgere al branco di suo padre per chiedere aiuto. E avrebbe preferito morire piuttosto che farlo.

«Steele?»

Espirò. «Sì, okay. Qual è l'indirizzo?»

«Te lo mando via messaggio. Ci vai subito?»

«Ci vado. Come si chiama?»

«Melissa. Steele, dammi la tua parola di alfa che le darai la protezione del branco.»

Merda. In cosa diavolo si stava cacciando? Stone voleva che giurasse sulla sua vita di proteggerla. Be', era quello che facevano i lupi.

«Sì» grugnì. «Parola di alfa.»

«Grazie.»

Chiuse gli occhi e si strofinò una mano sul viso. Se ne sarebbe pentito.

Poiché il suo pick-up era pieno di materiale per dipingere, lo lasciò davanti alla casa e corse per i pochi isolati fino a casa sua, dove saltò sulla moto e controllò l'indirizzo che Ben gli aveva mandato via messaggio.

I suoi istinti da lupo si attivarono prima che arrivasse lì, mettendolo in allerta. Spense il motore e si avviò silenziosamente verso una piccola casa a due piani. Una Range Rover blu scuro era parcheggiata davanti, dietro un pick-up Toyota bianco. Un brivido di avvertimento gli attraversò la pelle.

La porta d'ingresso era aperta e voci maschili urlavano all'interno.

Costeggiò l'edificio per sbirciare attraverso una finestra. Tre ragazzi erano seduti sul divano. Erano tutti armati e uno indossava un abito elegante.

Un brivido gli fece rizzare i peli sulla nuca. Sembrava Junior Rabago, uno spacciatore di Denver. Si occupava di droghe pesanti come cocaina ed eroina attraverso uno degli ambulatori di marijuana locali. Se la cognata di Ben era legata a lui, erano guai più grandi di quanto avesse immaginato.

Porca miseria, porca miseria. Non avrebbe dovuto dare a Ben la sua parola di alfa. Ora la protezione si era appena trasformata in un salvataggio. E non aveva nemmeno una pistola con sé.

Ben aveva detto che sua cognata era lì adesso. L'avevano già uccisa? O era riuscita a scappare in tempo? Sentì l'odore dell'aria. Non sentiva sangue. Solo il fresco odore degli umani, per lo più maschi, forse una femmina. Nessun lupo. Guardò l'edificio. Una finestra era aperta al secondo piano.

Era pazzo a pensare di arrampicarsi lassù? Probabilmente. Ma non riusciva a vedere quale altra scelta avesse. Se non accamparsi lì fuori ad aspettare che quei tizi se ne andassero, e non sembrava che se ne sarebbero andati tanto presto. Afferrò il tubo della grondaia, sperando che fosse abbastanza resistente da reggere il suo peso. Scricchiolò, il metallo raschiò il lato dell'edificio in mattoni quando ci si dondolò sopra, ma non si staccò dalla parete. Lo scalò fino al tetto, poi strisciò fino all'area sopra la finestra aperta e calò il corpo oltre il lato, con le dita dei piedi che atterravano sul davanzale.

La zanzariera uscì facilmente e la gettò sull'erba sottostante. Strisciò in quella che sembrava una camera da letto, che era stata completamente distrutta. L'odore di femmina umana era più forte lì, un odore allettante, nonostante il fatto che non provenisse da una lupa.

Il suo istinto ringhiò. C'era qualcuno nella stanza. Adattò le sue orecchie sensibili e sentì il respiro. Un battito cardiaco accelerato. Proveniva dall'armadio. Melissa? No, l'odore era decisamente umano.

Si avvicinò e aprì la porta, cercando di non fare rumore per allertare i tizi di sotto. L'armadio era pieno di vestiti femminili: vestiti e tailleur appesi alle grucce, riempivano l'intero spazio. Non vide la donna, ma il battito del suo cuore e l'odore metallico della paura attirarono la sua attenzione verso l'angolo posteriore.

Con un movimento rapido, tirò i vestiti di lato e allungò la mano per afferrarla, tappandole la bocca con una mano per tenerla in silenzio. Non aveva previsto che il suo ginocchio gli avrebbe colpito l'inguine.

Si piegò in due, riuscendo a malapena a impedire a un gemito di uscirgli dalla bocca.

La giovane donna cercò di spingerlo via, ma lui la afferrò da dietro, avvolgendole un braccio intorno alla vita e coprendole la bocca con l'altra mano. Il contatto gli provocò una scossa di qualcosa di sconosciuto. Come un avvertimento, solo più piacevole. I peli gli si rizzarono sulla nuca. «Melissa?»

Forse non era lei. L'umana lottò con più forza di quanta si sarebbe aspettato da una femmina, il suo corpo agile e forte sotto l'aspetto morbido. Lottare con lei eccitò la sua bestia interiore, il cazzo si ingrossò come se questa fosse una danza di accoppiamento selvaggia, invece che una situazione di vita o di morte. «Mi ha mandato Ben Stone» le ringhiò piano all'orecchio, nel caso fosse stata la femmina che avrebbe dovuto salvare. Il suo profumo di mele e cannella gli riempì le narici, eccitandolo, nonostante la situazione. Nonostante il fatto che i lupi non fossero attratti dalle umane.

Si immobilizzò.

Okaaay. La cognata di Ben Stone era umana. Il che significava che anche la moglie di Stone doveva esserlo. Lui non l'aveva sentito dire, anche se il branco di Stone probabilmente non avrebbe avuto fretta di diffondere quell'informazione.

Si voltò a guardarlo, con gli occhi spalancati dalla paura. La sua bellezza lo colpì come un altro pugno nelle palle. Gli occhi erano spalancati e azzurri, i folti capelli lucidi pendevano in lunghe onde rosso-castane. Non aveva mai visto un essere umano così bello in vita sua. Le tolse la mano dalla bocca per rivelare labbra sontuose, tremanti di paura.

«Sono la scialuppa di salvataggio» disse sarcasticamente. Sembrò più amaro di quanto non si sentisse, solo perché la sua attrazione per lei lo aveva colto di sorpresa e non gli piacevano le sorprese.

Lei aprì le labbra ma non parlò.

Non aveva un'arma e quei tizi laggiù avevano le pistole. Il che significava che combattere per uscire era inevitabile,

9

soprattutto perché lei era un essere umano debole. «Dovremo uscire dalla finestra. Salterò giù e ti prenderò quando mi seguirai.»

Spalancò i grandi occhi azzurri. «Non possiamo. Siamo al secondo piano» sussurrò.

Lui la girò per guardarla in faccia. «Sai cosa sono io?»

Per favore, fa che almeno sappia che suo cognato è un mutaforma.

Gli rivolse un'occhiata dall'alto in basso, scrutando i vestiti macchiati di vernice, i tatuaggi sulle braccia, il viso non rasato. Si rese conto che il suo aspetto era in netto contrasto con quello di lei: indossava una gonna attillata e una camicetta di seta, come una specie di giovane professionista. Stava arricciando le labbra per il disgusto?

Aveva parecchia familiarità con la condiscendenza, il disprezzo per un lavoratore manuale senza istruzione che sembrava più un criminale che il principale investitore immobiliare di Colorado Springs. Per qualche ragione, questa volta gli diede fastidio, quando di solito non gliene fregava un cazzo di cosa la gente pensasse di lui o del suo aspetto da duro.

Deglutì, poi si leccò le labbra. «Un lupo?»

Lui annuì, prendendole la mano e trascinandola verso la finestra. «Esatto, principessa. Il tuo lupo in armatura scintillante. Tu salta, io ti prendo.»

Il dubbio le si contrasse nei lineamenti. Si guardò alle spalle verso la porta, forse chiedendosi se ci fosse un'altra via d'uscita. La sua pelle assunse un colorito cinereo, ma annuì.

Lui saltò fuori dalla finestra, atterrando accovacciato sull'erba sottostante. Quando si voltò a cercarla, però, lei rimase immobile, a guardare in basso.

Merda. Dai. Avrebbe voluto urlare, ma ovviamente non

poteva rischiare di fare rumore. Un senso di urgenza lo travolse, i suoi istinti ruggivano pericolo, il bisogno di proteggere una compagna di branco, persino una nuova compagna adottiva come lei, si stava mettendo a pieno regime. No, il suo bisogno andava oltre il rapporto di branco. Aveva qualcosa a che fare con quei grandi occhi bellissimi e il suo profumo delizioso, ma non riusciva ad analizzarlo ora.

Fece un gesto urgente.

Eppure, lei rimase lì, guardando di nuovo verso la porta, poi verso di lui.

Diavolo, se uno degli stronzi di sotto fosse entrato lì, non avrebbe avuto modo di proteggerla ora, non sarebbe stato in grado di risalire abbastanza velocemente. E aveva fatto un giuramento sacro di tenerla al sicuro.

Voltò la testa di scatto dopo aver guardato oltre la porta, con gli occhi selvaggi. Qualcuno doveva essere in procinto di avvicinarsi. Si accovacciò sul bordo della finestra.

Le fece un gesto frenetico per indicarle di saltare. Si voltò di nuovo verso la porta e lanciò un urlo, poi si lanciò in aria.

Un grido maschile squarciò l'aria mentre precipitava verso di lui, ma lui non osò distogliere lo sguardo dal suo corpo che cadeva per vedere chi stesse arrivando. Lei gli cadde tra le braccia e lui barcollò per l'impatto, ma poi si mise a correre, il più velocemente possibile.

Altre urla.

Arrivò alla moto e la fece cadere dietro, desiderando di avere un casco per il suo fragile cranio umano. Lei sembrava inorridita, la gonna a tubino forzata fino in fondo per potersi sedere a cavalcioni sul sedile, rivelando cosce bianco crema e mutandine di pizzo rosa.

Mi dispiace, principessa.

Premette il pulsante di accensione e la moto si avviò. Dannazione.

Due uomini corsero fuori dalla porta principale, agitando le pistole.

La moto ruggì per rimettersi in movimento. Premette l'acceleratore e la ruota posteriore slittò dietro di loro mentre si lanciavano via.

Capitolo due

Melissa urlò e avvolse le braccia attorno alla vita del suo soccorritore tatuato mentre la motocicletta stava per impennare sfrecciando nel vicolo. Lui le afferrò il braccio, come per assicurarsi che non lo lasciasse andare.

«Mi tengo io, tu metti entrambe le mani sul manubrio» urlò, socchiudendo gli occhi mentre una confusione di alberi e case sfrecciava via.

I suoi addominali erano duri come una roccia sotto le sue mani. In effetti, era abbastanza sicura che tutto il suo corpo fosse teso con muscoli solidi. Sembrava che lavorasse sodo con le mani. I jeans da lavoro consumati e la maglietta macchiata erano sexy in quel tipo di look rozzo e trasandato che era decisamente troppo per lei.

Ma aveva bisogno di allontanarsi dall'attrazione verso i "cattivi ragazzi". L'aveva solo messa nei guai.

Si voltò per guardare dietro di loro e intravide l'auto blu che aveva portato quegli stronzi della mafia al suo appartamento. «Ci hanno trovati» urlò. Il suo soccorritore premette di nuovo l'acceleratore e sfrecciarono dietro un angolo, sbandando e facendo fischiare le gomme. Lui scivolò tra due edifici, dietro un angolo. Non riusciva a tenere traccia di dove stessero andando: i cassonetti e gli edifici sfrecciavano troppo velocemente. Dovette chiudere gli occhi per il vento.

Un attimo dopo, strisciò in un vialetto e piegò la moto completamente di lato, scivolando sotto alla porta basculante di un garage, sollevata a metà. In un lampo, scese dalla moto e la tirò giù. La porta del garage aveva già invertito la direzione per scendere, chiudendoli dentro.

Barcollò sui tacchi e si tirò giù la gonna sul sedere. Il cuore le batteva contro le costole in un ritmo doloroso. Erano in un enorme garage. Era più un'officina, in realtà, con seghe e un banco da lavoro. Scaffali rivestivano ogni parete, pieni di vernice, solventi, attrezzi, forniture di ogni genere. Era questo il suo posto di lavoro?

Il suo soccorritore le si avvicinò furtivamente. Tutto in lui urlava spaventosamente: i muscoli sporgenti delle braccia, i tatuaggi che spuntavano da sotto le maniche corte e decoravano persino le nocche, la barba lunga sulla mascella robusta e squadrata, il ringhio minaccioso della sua espressione. Davvero, non sembrava più affidabile di Jeremy o degli stronzi che lo avevano aspettato a casa loro. Aveva fatto bene ad andarsene con lui?

Barcollò sui tacchi. «Chi sei?»

Lui le passò accanto e aprì di scatto una porta. «Entra.»

Giusto. Non era il momento delle presentazioni. Gli passò accanto, cercando di ignorare la dimensione dei suoi muscoli mentre sfiorava il suo corpo duro, o il modo in cui il corpo reagiva alla sua vicinanza. Un'ondata di calore la invase, riscaldandole le dita e il viso ghiacciati, sciogliendo una frazione della paura che quasi l'aveva sopraffatta quando era in quell'armadio.

Naturalmente inciampò, il suo tacco si impigliò nel

tappeto mentre gli passava accanto. Lui le afferrò il gomito per stabilizzarla e lei cadde contro il suo petto.

Wow.

Aveva occhi grigio ardesia che risaltavano sulla pelle abbronzata e sui capelli sbiancati dal sole. Mentre si fissavano, dilatò le narici. Le iridi grigie tremolarono fino a diventare di un azzurro ghiaccio pallido.

Sussultò.

La spinse via da sé e sbatté le palpebre, distogliendo la testa. Si chiese perché cercasse di nascondere il suo lupo: aveva già capito cosa fosse.

«Di che colore sei?» sbottò. «Intendo dire, quando ti trasformi?» Era una domanda stupida da fare. Avrebbe dovuto iniziare con il suo nome o con come conosceva Ben, ma la visione di quegli occhi da lupo l'aveva incuriosita.

Si voltò di nuovo per guardarla. Le iridi erano tornate grigie.

«Argento.»

Un'increspatura di qualcosa le attraversò il corpo: forse eccitazione. All'improvviso desiderava disperatamente vederlo in forma di lupo. Sapeva che sarebbe stato incredibile. Potente e terrificante. Bello, persino.

Ma no. Doveva smetterla. Reprimere qualsiasi attrazione provasse per il bel maschio che sembrava un problema. Doveva iniziare a trovare attraenti gli uomini perbene e onesti. Quelli senza tatuaggi e jeans consumati. Quelli che indossavano la cravatta a lavoro e risparmiavano i soldi in conti pensione esentasse.

Si era impegnata tutto l'anno per abbandonare lo stile di vita da festaiola. Aveva fatto il test per diventare agente immobiliare e ridotto le sue serate come barista. Era stata così vicina a sbarazzarsi di Jeremy e a iniziare davvero. Ora c'erano persone che cercavano di ucciderla per colpa sua.

«Ti sei fatta male?» La voce gutturale risuonò proprio dietro di lei facendola sobbalzare. Si voltò. Un'espressione divertita gli balenò sul viso.

Lei tese la mano, tirando fuori la sua migliore identità da agente immobiliare professionista, con il mento sporgente. «Io sono Melissa, e tu sei...?»

Lui serrò la mascella. A quanto pareva, non gli piaceva. Ignorò la mano e si diresse verso la libreria nella piccola stanza scarsamente illuminata. «Cody» disse bruscamente. Spinse via alcuni libri e tirò fuori una pistola, che infilò nella cintura dietro i jeans.

Probabilmente avrebbe dovuto iniziare con un grazie invece di criticarlo per le sue buone maniere, ma ora che l'aveva snobbata, la sua spina dorsale si era raddrizzata ancora di più. Si guardò intorno nel covo umido dell'uomo e tirò su col naso. «È casa tua?»

Socchiuse gli occhi. «Mi dispiace che non sia il Taj Mahal, principessa. Non sapevo che avrei ospitato la cognata umana snob di Ben Stone.» Sogghignò la parola umana come se lo disgustasse.

Si irritò. Pensava che, poiché Ben era ricco, lo fosse anche lei? «Apprezzo il salvataggio, ma non c'è bisogno che tu mi intrattenga. Se potessi solo prendere in prestito il tuo telefono...» Aveva lasciato cadere il suo nell'armadio quando lui l'aveva afferrata. Doveva avvertire Jeremy di quei tizi prima che venisse ucciso. Forse non amava quel tizio, ma gli doveva la vita.

Lui aveva già tirato fuori il telefono e l'aveva portato all'orecchio. «Sì, l'ho beccata.»

Sentì le intonazioni di una voce maschile dall'altra parte. Era Ben? Un briciolo di paura la travolse. E se quel tizio non fosse stato mandato da Ben? Forse era un altro nemico di Ben, come il branco sudamericano che aveva cercato di uccidere la sua gemella Ashley l'anno scorso? Non le aveva detto niente, se non che lo aveva mandato Ben Stone. E diamine sembrava proprio un guaio fatto persona.

Si avvicinò lentamente alla porta.

«Non mi avevi detto quanto erano gravi i suoi guai.» Fece una pausa mentre Ben diceva qualcosa. «Sì, Junior Rabago e i suoi ragazzi... sai, il gangster. Erano accampati a casa sua. Possiedono uno degli ambulatori locali, ci spacciano droghe pesanti. L'ho trovata nascosta nell'armadio e l'ho fatta uscire, ma ci hanno visti. Non credo che possano rintracciarci, perché li abbiamo seminati e le targhe della mia moto non sono vere... Sì, sono pronto, se dovessero arrivare.» Sbirciò fuori dalle persiane senza spostarle.

Non era un buon segno che le targhe della sua moto non fossero vere. Sicuramente un altro delinquente. Appoggiò la schiena alla porta. Voleva sentire quella conversazione, nel caso fosse stata con Ben, ma doveva anche essere pronta a scappare.

Cody la guardò e socchiuse gli occhi, come se sapesse esattamente cosa stesse facendo. «Non hai detto che era umana.» Di nuovo, lo disse come se fosse un pezzo di cacca di cane puzzolente che aveva pestato con la scarpa. Si diresse verso di lei con un'espressione di cupo intento.

Questa volta sentì la risposta dall'altro interlocutore al telefono forte e chiara. «*È un problema?*» Sembrava decisamente Ben.

«No.» Cody allungò una mano accanto alla sua testa per appoggiarsi alla porta, ingabbiandola con il suo corpo. La consapevolezza le illuminò la pelle, un'ondata di aculei che si riscaldava ovunque si avvicinasse a toccarla. «Dove pensi di andare?» ringhiò.

«Ehi. Faresti meglio a trattarla bene» si sentì un grido di Ben dall'altra parte. Suo cognato era burbero quanto quel tizio, sembrava solo più raffinato perché indossava un completo e possedeva un'azienda da mezzo miliardo di dollari.

Cody abbassò il viso, quasi appoggiando la fronte alla sua, occhi negli occhi. Aveva la sensazione che fosse una cosa da lupo. Probabilmente voleva che abbassasse lo sguardo e si sottomettesse, ma la sfida non fece altro che farle stringere i denti e fissarlo con più audacia.

«Se devo tenerla al sicuro, dovrà seguire gli ordini.»

«Se la maltratti, la pagherai cara» sbottò Ben. «Passale il telefono.»

Cody aggrottò le sopracciglia e le avvicinò il telefono all'orecchio. Lei glielo strappò di mano e gli passò sotto il braccio, allontanandosi con l'orgoglio più altezzoso che riuscì a tirare fuori, che ovviamente andò in fumo quando inciampò di nuovo sui suoi maledetti tacchi alti. Scarpe di merda! Le tolse con un calcio.

«Ciao, Ben» disse senza fiato.

«Melissa. Ti sei fatta male?»

«Sto bene. Sono solo... spaventata.»

«Chi erano quei tizi, lo sai?»

«No. Io e Jeremy non ci siamo più parlati da quando ci siamo lasciati. Abbiamo solo convissuto per necessità.»

«Dannazione, Melissa, ho detto che ti avrei aiutata a comprare una casa.»

«Lo so, lo so. Stavo cercando. Ero già mezza pronta per traslocare.»

«Ascolta, Ashley e io torneremo presto e...»

«No» lo interruppe. «Non interrompete la luna di miele per questo. Sto bene. Cody mi ha tirata fuori di lì.» Lanciò un'occhiata al suo sexy salvatore. «*Non* dovete tornare.»

Si odiava già per aver bisogno, ancora una volta, di essere salvata da sua sorella, la cui vita era sempre a posto, che faceva sempre la cosa giusta. Se Ashley e Ben fossero tornati a casa prima per colpa sua, sarebbe stata lei la stronza che avrebbe rovinato la loro luna di miele per il resto delle loro vite.

Cody sbirciò di nuovo attraverso le persiane chiuse. Sembrava così dannatamente vigile e capace, come un Navy Seal o un agente delle Forze Speciali. Se fosse stato davvero dalla sua parte, sarebbe stata al sicuro.

Ben imprecò. «Devi stare con Cody. Fai tutto quello che ti dice. È l'alfa lì, sai cosa significa?»

«Non esattamente.»

Ben sbuffò. Sentì sua sorella dire qualcosa in sottofondo e poi riuscì a sentire la sua voce.

«Sono in vivavoce?» chiese a bassa voce.

«No.» Melissa si diresse verso l'altro lato della stanza, voltandosi dall'altra parte rispetto a Cody, come se questo gli impedisse di sentire la sua conversazione.

«Ehi, i lupi sono focalizzati sull'ordine del branco, sai. Quindi sarà prepotente e dominante. È il capo, se capisci cosa intendo. Cerca solo di non lasciarti influenzare.»

Sbuffò, guardando Cody, che aveva incrociato le braccia sul petto enorme, osservandola con quegli occhi grigi attenti.

Sì. Prepotente e dominante.

La figa si contrasse di nuovo. Ma non era giusto. Era Ashley ad essere interessata alle figure autoritarie, non lei. A lei interessavano solo i cattivi ragazzi. O almeno era sempre stato così. Ora puntava a completi e cravatte. Imprenditori o commercialisti. O forse un bravo avvocato. Perfino un dentista.

Non riuscì a trattenersi dal guardare di nuovo Cody. La figa era calda e bagnata sotto la gonna. L'immagine di quell'uomo robusto e tatuato che la spingeva sul sedile della sua motocicletta e le dava una pacca sul sedere le balenò nella mente e arrossì e si voltò.

Lui dilatò le narici e le lanciò uno sguardo sorpreso. Arricciò gli angoli delle labbra.

Santo cielo. Leggeva nel pensiero?

Ben tornò al telefono. «Melissa? Ridai il telefono a Cody.» Era un uomo di poche parole, suo cognato. Nessun *per favore o stammi bene*.

Ma si prendeva cura di lei, doveva ammetterlo. La sua offerta di comprarle una casa l'aveva elettrizzata. Non gli avrebbe permesso di comprarla subito. Solo di aiutarla con un acconto. Avrebbe avuto una casa che poteva permettersi una volta che lui l'avesse fatta iniziare. Sapeva esattamente cosa voleva: una casa di CJ Steele. Una delle case restaurate con amore nei quartieri più antichi di Colorado Springs. Adorava il lavoro della società CJ Steele e ammirava da morire Steele, il promettente magnate immobiliare che aveva fatto una piccola fortuna comprando e rivendendo case negli ultimi otto anni. Il suo sogno era di essere il suo agente.

Restituì il telefono a Cody e ascoltò un altro scambio conciso prima che riattaccasse.

Lui le lanciò un'occhiata speculativa. «Resterai qui finché non sarà tutto finito.» Solo perché lui l'aveva già sbilanciata e non voleva che avesse la meglio, arricciò le labbra e si guardò intorno come se quel posto non fosse all'altezza dei suoi standard. Come se non avesse già vissuto con Jeremy, il disgraziato dell'anno. L'ambiente non era male, ma avrebbe avuto bisogno di una bella ripulita. Ed era un tipico covo per uomini. Piccolo, essenziale, tutto in colori scuri come il verde bosco e il blu navy.

Aggrottò le sopracciglia e le passò accanto furtivamente. «Mi dispiace che non ti vada bene, principessa. La prossima volta mi assicurerò di affittare una villa per il tuo pigiama party.»

Le parole *pigiama party* le suscitarono un fremito nervoso nello stomaco mentre diventava reale che avrebbe effettivamente dormito lì con quel testa di cazzo. Guardò verso la camera da letto. Ce n'era solo una, per quanto poteva vedere. Tutti i metri quadrati della sua casa erano stati utilizzati per l'officina/garage, almeno centoquaranta metri quadrati. L'interno era solo una combinazione di cucina/soggiorno, e una piccola camera da letto e un bagno, per quanto ne sapeva. Altri settantacinque metri quadrati. E sì, l'agente immobiliare in lei aveva valutato la proprietà e il suo valore di mercato approssimativo, circa centocinquanta-mila dollari, nel momento in cui era entrata.

«Posso usare il tuo telefono? Devo avvertire Jeremy.»

Socchiuse gli occhi. «Il tuo ragazzo?»

«Ex.»

«Non pensi che lo sappia già? Immagino che non sia stata tu a metterti contro Junior Rabago.»

Strinse le labbra e tese la mano. «Per favore. Non voglio che torni a casa e venga colpito, okay?»

Le dita di Cody si piegarono stringendosi nei pugni prima di riaprirsi e di estrarre il telefono dalla tasca. «Cosa ci fai con un tizio così?»

Si acciglò. Chi era lui per giudicare i suoi gusti in fatto di uomini? Soprattutto quando non sembrava nemmeno il tipo di ragazzo che porteresti a casa da mamma? Il fatto che avesse ragione la irritava ancora di più. «Il tuo telefono?»

Si acciglò e glielo lasciò cadere nel palmo.

Compose il numero di Jeremy, ma lui non rispose. Ovviamente poteva aver paura di rispondere a un numero che non riconosceva. Chiuse la chiamata e gli mandò un messaggio.

Non andare a casa. Ci sono dei tipi con l'aria da mafiosi a casa nostra. ~Melissa

Non rispose. Era già morto? Quanti soldi volevano che pagassero entro venerdì?

Con riluttanza, restituì il telefono e si guardò di nuovo intorno nel piccolo alloggio. Quanto sarebbe rimasta lì?

«Devo prendere la mia borsa e i miei vestiti a un certo punto. Pensi che quei ragazzi se ne siano andati da casa mia?»

Cody aggrottò la fronte. «Non c'è modo al mondo che tu ti avvicini a casa tua, non finché non so che è sicura. Posso prenderti un po' di cose al Walmart o qualcosa del genere.»

«Walmart?» In realtà non aveva problemi con Walmart, ma lui l'aveva etichettata come una principessa, quindi stava recitando la parte.

Un tic alla mascella segnalò la sua irritazione. Fece un passo verso di lei che indietreggiò, per metà eccitata, per metà preoccupata di aver fatto il passo più lungo della gamba. Le afferrò le braccia. C'erano dominio e autorità nel modo in cui la teneva, ma il suo tocco non era brusco. In effetti, il calore dei suoi grandi palmi ruvidi per il lavoro sulla sua pelle le fece attraversare fiamme di desiderio.

«Tesoro, indosserai quello che ti prendo, oppure puoi trotterellare in giro in mutande, per quel che mi importa.» Si avvicinò al suo orecchio. «In realtà, *preferirei* la seconda opzione.»

Si sforzò di deglutire, il calore le pervadeva il nucleo. Non era sicura se fosse dovuto al suo tocco o al suggerimento di pavoneggiarsi mezza nuda davanti a lui.

* * *

Cody inspirò e colse un sentore dell'eccitazione di Melissa. In un lampo, la sua vista si incupì, la bestia dentro di lui ruggì in superficie.

Che cazzo?

Sbatté le palpebre e la lasciò andare, facendo un passo indietro, lontano dal suo corpicino sexy. Sì, era sexy, tutta curve morbide e pelle liscia con un bel viso abbinato, ma la sua personalità lasciava a desiderare. Era chiaramente altezzosa. *E umana.*

Questo avrebbe dovuto essere abbastanza da scoraggiarlo, non che gli dispiacesse fare sesso con una femmina umana ogni tanto. Era solo che i suoi gusti, che fossero lupe o femmine umane, erano più orientati verso donne più dure. Quelle a cui piaceva il sesso duro e capivano le regole, con cui non doveva impegnarsi o promettere nulla. Il sesso era gratuito, per il reciproco piacere, senza vincoli.

«Non posso indossare vestiti economici e inadatti ad andare a presentare le case.»

Agente immobiliare. Era ovvio. Avrebbe dovuto inquadrare la sua professione fin dall'inizio. Aveva abbastanza esperienza con gli agenti. Squali assetati di sangue, tutti quanti.

«Non mostrerai case. Quando ho detto che rimarrai qui, intendevo *sempre dentro questa casa.* Se pensi che Junior Rabago non ti aspetterà al lavoro, tesoro, non sei intelligente come sembri.»

La costernazione le corrugò il bel viso. «Cody, ho delle case da mostrare. Non andrò in ufficio, ma...»

«*No.*» Rese la sua voce dura e minacciosa come sapeva, non che la ragazza sembrasse rispondere in alcun modo al suo dominio alfa. Il che era un'altra fonte di irritazione. Per la quarantesima volta, si maledisse per aver fatto una promessa a Ben Stone.

Ma no. Anche mentre immaginava di allontanarsi dal suo piccolo dramma, sapeva, promessa o no, che avrebbe protetto quella donna con la sua vita, anche se l'aveva trovata esasperante. Non meritava il genere di guai che le stava cadendo addosso. Inoltre, c'era qualcosa di magnetico tra loro, una chimica molto insolita tra un mutaforma e un'umana. E lui moriva dalla voglia di esplorarlo.

Lei sollevò il mento, i grandi occhi azzurri lo sfidavano. «Come farai a fermarmi?» Sembrava un po' senza fiato, il che gli mandò una scarica di lussuria dritta al cazzo. Lui percepì di nuovo un sentore della sua eccitazione e all'improvviso fu sicuro che lei avesse un'idea di come l'avrebbe fermata, e voleva provarlo. Forse c'era un modo in cui lei rispondeva al dominio alfa. Il modo migliore, secondo lui.

«Sto pensando, forse qualcosa del genere.» Le portò le mani alla vita e la girò, poi prese le sue piccole, lisce mani e le appoggiò al muro, una alla volta. Come prima, solo toccarle la pelle nuda infiammò il suo lupo interiore. Le accarezzò le braccia con i palmi fino alle spalle, assaporandone la morbida pelle. Le fece scivolare lungo i fianchi fino a raggiungere i fianchi, poi sollevò una mano e la fece scendere bruscamente sul suo culo.

Sentirla inspirare in modo brusco gli fece pulsare il cazzo. «Credo che tua sorella ti abbia messo in guardia da me» le brontolò all'orecchio, con voce più profonda e roca del solito.

Quella sciocca ragazza non sapeva che i lupi avevano un udito eccellente. Camminare dall'altra parte della stanza non gli aveva impedito di sentire ogni parola della loro conversazione.

Non rispose, ma sembrava paralizzata, ascoltava attentamente, aspettava. Non colse alcun segno di averla intimidita. No, tutto quello che ottenne fu interesse. Era quello che aveva sentito anche quando lei era al telefono. Bene, era così che la voleva. Si sarebbe sentito uno stronzo se l'avesse davvero spaventata.

«Se provi ad andartene da qui, ti sculaccio finché questo culo perfetto non diventa rosa e la tua dolce fighetta non gocciola.»

Le guance erano arrossate. Il respiro tremava. Non lo guardò, ma rimase nella posizione in cui l'aveva messa, fissando il muro. L'inebriante profumo della sua eccitazione gli disse che aveva già raggiunto il secondo obiettivo. E accidenti, non aveva mai desiderato un'umana così tanto prima.

«Fammi sapere se vuoi che mi occupi di quel dolore tra le gambe» mormorò, poi fece un passo indietro. La sua voce suonava roca e profonda. «Sarei felice di scoparti fino a far uscire la principessa da te.»

Non avrebbe dovuto dirlo. Non quando si era appena scaldato.

Si raddrizzò, togliendo le mani dal muro e girandosi verso di lui, con le guance arrossate. «Bello. Davvero bello.» Sollevò il mento e marciò dritta verso la porta d'ingresso.

«Non farlo» la avvertì.

Lei gli lanciò un'ultima occhiata alle spalle e spalancò la porta, scappando via non appena uscì.

Il suo lupo interiore prese il sopravvento. Prima che potesse trattenersi, la caricò da dietro, con la vista annebbiata, il brivido della caccia su di lui. No, il brivido dell'accoppiamento. In un lampo, le fu addosso, l'animale che era in lui ruggiva per...

Poteva essere?

Marchiarla.

Il suo lupo interiore voleva accoppiarsi con lei, per sempre.

La prese e la riportò in casa. Il suo odore gli riempì le

narici, rendendogli impossibile riprendere il controllo. Il suo corpo non avrebbe obbedito al comando del cervello di metterla giù. Era la sua lupa e lui aveva bisogno di reclamarla, di farla sua, di infondere il suo odore in lei, per sempre. Con un braccio avvolto intorno alla sua vita, la sua mano libera le passò sotto la gonna dritta fino al nucleo. Piazzò le labbra sul suo collo. Senza alcun permesso dal suo cervello, le dita le strofinarono il clitoride da sopra le mutandine di pizzo.

«Cody!» si strozzò nel dire il suo nome e lo shock nella sua voce gli fece riprendere i sensi.

«Cazzo.» La lasciò andare come se fosse in fiamme e indietreggiò. «Cristo, mi dispiace.»

Lei si voltò di scatto, spalancò gli occhi per quello che vide. Le sue iridi dovevano essere blu ghiaccio, quelli del suo lupo. Cazzo, anche i denti erano fuori?

Non aveva senso. Perché avrebbe voluto marchiare un'umana?

Scosse la testa, cercando di recuperare il suo sé umano, la sua mente razionale.

Sollevò i palmi in segno di resa. «Non volevo perdere il controllo. È stato... inaspettato.»

Quando la sua vista tornò alla normalità, si passò una mano sul viso e fece diversi respiri profondi e rigeneranti. Le guance di Melissa erano arrossate, i capezzoli eretti si vedevano attraverso il reggiseno e la camicetta.

Non sapeva cosa dire, tranne la prima cosa che gli venne in mente. «Sei quasi stata scopata a morte.»

Lei lasciò uscire un sospiro tremante.

Si toccò i denti con la punta della lingua. Ora sembravano normali, ma sapeva che era stato vicino a marchiarla.

La dolce secrezione che avrebbe iniettato nella sua pelle si raccolse nella sua bocca.

La fulminò con lo sguardo, come se fosse tutta colpa sua. «Non scappare mai da un lupo eccitato. Soprattutto non da un alfa. Scatena l'istinto di rivendicare.»

Lei sbatté le palpebre.

Bel modo di dare la colpa alla vittima, stronzo.

Porca miseria. Aveva rovinato completamente questa situazione.

Sei un lupo pietoso. Non otterrai mai niente. L'unica femmina che si abbasserebbe mai ad accoppiarsi con te è un'umana. La previsione beffarda di suo padre la notte in cui lo aveva buttato fuori a sedici anni gli risuonò nelle orecchie.

Si passò le dita tra i capelli. Nemmeno una donna umana avrebbe voluto un coglione come lui. Nonostante tutti quegli anni passati a cercare di dimostrare di potercela fare a modo suo, era ancora cattivo come quel lupo adolescente selvaggio che suo padre non aveva ritenuto opportuno tenere nel suo branco.

«Mi dispiace, Melissa. Non volevo impormi con te. Stai bene?»

Agitò la testa e aprì le labbra, ma non ne uscì alcun suono. Odiava vederla in quello stato, voleva che la piccola agente immobiliare arrogante tornasse in sé e lo insultasse. Ma probabilmente era meglio che lei rimanesse in silenzio. Se fossero tornati ai loro litigi verbali, non era sicuro di riuscire a trattenersi: teneva in pugno la sua lussuria semplicemente com'era. Anche con il cervello di nuovo in funzione, il cazzo gli premeva dolorosamente contro i jeans.

Si diresse verso la cassettiera, tirò fuori una maglietta e un paio di boxer e glieli gettò vicino sul letto. «Per ora puoi indossare questi. Ti prendo dei vestiti domattina.»

Lei non rispose né si mosse. Il suo respiro le pulsava rapidamente nel petto, le labbra color bacca si dischiusero.

«Hai fame?»

Si aspettava quasi che non rispondesse: si sarebbe meritato il trattamento del silenzio dopo quello che aveva quasi fatto, ma lei annuì immediatamente. Cercò di pensare a cosa avesse in casa. Non molto. Avrebbe dovuto fare la spesa anche per lei.

Prendersi cura di chiunque oltre a sé stesso era una cosa del tutto estranea. Come alfa, avrebbe dato la vita per uno qualsiasi dei suoi compagni di branco, ma ciò non significava che dovesse preoccuparsi dei loro bisogni primari. Erano tutti giovani e duri come lui.

Ma questa piccola umana? Lei richiedeva di più. Molto di più. Mentre una parte di lui si ribellava all'obbligo, un'altra parte aveva bisogno che fosse lui a prendersi cura di lei. Come se nessun altro sulla Terra potesse farlo nel modo giusto.

Ma non aveva alcun senso, dal momento che non aveva idea di cosa comportasse proteggere e prendersi cura di una femmina umana.

Fantastico, come se non fosse già abbastanza su di giri.

* * *

Melissa si sfilò la camicetta e infilò i vestiti di Cody con dita tremanti.

Cosa era appena successo?

L'avevano quasi rapita. Solo che sapeva che Cody non aveva voluto farle del male. Si era mezzo trasformato: denti lunghi, iridi azzurre. Ricordava che era successo a Ben prima che marchiasse Ashley, ed era rimasto sconvolto per quello che aveva fatto. Forse era per questo che umani e mutaforma non andavano d'accordo.

Cosa sarebbe successo se fosse stata una lupa? O comunque *una lupa completa*, perché lei e Ashley erano lupe per un quarto. Non lo sapevano, ma il loro nonno era un mutaforma. Dopo che Ben aveva marchiato Ashley e lei si era ripresa più velocemente del previsto, avevano fatto un viaggio in Wyoming per andare a trovare la nonna Jane e scoprire il segreto di famiglia. Non aveva detto molto, il ricordo le sembrava doloroso, ma aveva confermato che l'uomo che conoscevano come loro nonno non aveva generato suo padre. Era stato concepito da un mutaforma, il cui branco lo aveva costretto ad abbandonarla perché era umana. L'aveva lasciata prima di sapere che era incinta e lei non aveva mai tentato di dirglielo.

Raccontarono di Ben alla nonna Jane, ma le tre avevano concordato di tenere all'oscuro i genitori di Ashley e Melissa a meno che non ci fosse stata una necessità impellente per loro di saperlo.

Una lupa pura avrebbe accolto con favore "l'attacco" di Cody? No, la situazione non si sarebbe mai verificata, perché lei avrebbe saputo che era meglio non scappare.

Si passò le dita tra i capelli arruffati. Onestamente, finché non aveva visto i denti allungati, lo *aveva desiderato*. Avrebbe aperto le gambe e gli avrebbe lasciato affondare il suo enorme cazzo (stava solo ipotizzando, ma a giudicare dalle dimensioni del rigonfiamento nei jeans, doveva essere così) dritto nel suo nucleo.

Quindi cosa significavano i denti? Di sicuro non l'avrebbe marchiata. Ciò avrebbe significato che erano fidanzati per la vita, e a Cody non sembrava nemmeno piacere, a parte l'attrazione sessuale che c'era tra loro.

Indipendentemente da cosa significasse tutto ciò, una

cosa era stata confermata: l'istinto che le aveva indicato che quel cattivo ragazzo era problematico tanto quanto il suo ultimo fidanzato era corretto. Doveva tenere la testa bassa, accavallare le gambe e aspettare che la cosa si calmasse. Presto, Ben e Ashley sarebbero tornati e lei avrebbe potuto lasciare la protezione del lupo argentato e trovare qualcuno di totalmente normale. *E umano.*

Solo che quei pensieri cadevano piatti e sottili come una crêpe. Non sarebbe mai stata felice con la normalità, giusto?

Sospirando, spinse la porta della camera da letto, il brontolio nel suo stomaco vuoto stava diventando più insistente del desiderio di evitare Cody.

Lui era in piedi davanti ai fornelli, riuscendo in qualche modo a sembrare sia virile che incredibilmente sexy mentre girava qualcosa in una padella con una spatola. Le ampie spalle erano increspate di muscoli e il busto si assottigliava in una vita stretta seguita dal miglior culo che avesse mai visto su un uomo. C'era qualcosa in quei jeans strappati e logori.

Delizioso. Semplicemente delizioso.

Si schiarì la gola. «Cosa stai preparando?»

Il modo in cui si fermò prima di parlare le fece capire che aveva sempre saputo che lei era rimasta lì a guardare. Be', certo che sì. Probabilmente aveva istinti extrasensoriali da lupo. Si chiese quali altri doni possedessero i lupi, oltre a essere in grado di saltare dalle finestre al secondo piano, afferrare sessanta chili scarsi di donna che cadeva e guidare una motocicletta come il pezzo grosso degli anni '70 Evel Knievel.

«Pane al formaggio grigliato.»

Sbuffò. «Avrei dovuto immaginarlo, ragazzo del Walmart.» Fu un colpo basso. In realtà, adorava il pane al formaggio grigliato, ma Cody aveva deciso che era una specie di diva, quindi pensò di recitare la parte solo per provocarlo. Funzionò.

Si voltò di scatto, con le sopracciglia abbassate sugli occhi. «Non ti ho promesso di darti da mangiare» la ammonì, scuotendo la spatola verso di lei.

Lei sorrise e si avvicinò con passo lento, fingendo che lui non sembrasse spaventoso da morire. Anche se lo era sembrato prima, dopo quello che era appena successo tra loro, aveva perso gran parte della sua paura di lui. Aveva visto i suoi limiti. «Probabilmente tenermi in vita implica anche darmi da mangiare, non credi?»

Strinse le labbra in una linea sottile. «Non sfidare la fortuna.» Si voltò di nuovo verso i fornelli e rovesciò un toast al formaggio su un piatto accanto a un pomodoro intero. Spinse il piatto nella sua direzione, senza girarsi a guardarla.

Lei lo prese e abbassò lo sguardo sul pomodoro, chiedendosi come diavolo si aspettava che lo mangiasse. Inoltre, non c'era nessun posto dove mangiare. Non l'aveva notato prima, ma non aveva un tavolo e delle sedie. Roteando gli occhi, andò al divano e si lasciò cadere. Non c'era da stupirsi che sembrasse sporco. Era lì che doveva mangiare tutti i suoi pasti.

Un attimo dopo la raggiunse, sedendosi sulla poltrona di fronte a lei, il suo piatto pieno di quattro toast al formaggio e due pomodori. Poiché le piaceva punzecchiarlo, prese il pomodoro. «Come ti aspetti esattamente che lo mangi?»

Vide di nuovo quel tic nella mascella. «Non mi interessa come lo mangi, o se lo mangi, principessa. In effetti, mentre sei qui, forse dovrei affidarti la cucina.» I suoi occhi scivolarono di lato e lei colse il luccichio di una provocazione in essi. «Potrebbe essermi utile una governante qui in casa.»

Quel pensiero non avrebbe dovuto eccitarla. Soprattutto non dopo aver vissuto con Jeremy, che non faceva assolutamente nulla in casa. Doveva essere stato il modo malvagio in cui Cody la guardava a farle sobbalzare il cuore e a farle ardere la carne. Immaginò di indossare un vestitino da cameriera francese e di correre in giro per servirlo sotto la minaccia di una sculacciata mentre aspettava con quelle braccia potenti incrociate sul petto.

Smettila. Basta. Questo tizio era un altro *Mister Sbagliato.* Sicuramente non il ragazzo per lei. Per rilanciarglielo, sostenne il suo sguardo, prese il pomodoro e diede un grosso morso, come se fosse una mela. Il succo e i semi le colarono lungo il mento, ma lei non si mosse per asciugarsi.

Cody le fissò la bocca, con un'espressione che si faceva famelica.

Lei sussultò, il battito accelerò, quando lui balzò in piedi e si diresse verso di lei.

«Cosa mi stai facendo?» chiese con voce gutturale.

Lei si bloccò, il pomodoro ancora stretto tra le dita davanti alla bocca, il succo che le gocciolava lungo il braccio. Non era sicura di cosa intendesse.

Le strappò il pomodoro dalla mano e poi la bocca fu sulla sua. La lingua leccò il succo prima che le sue labbra scendessero su quelle di lei in un bacio brutale.

Lei ansimò.

Le agganciò una mano dietro il collo e la tirò in piedi, il corpo premuto contro il suo, e le prese la bocca ancora e ancora.

I capezzoli, scoperti sotto la sua maglietta oversize, si inturgidirono e si sollevarono, sfregando contro il morbido cotone.

Quando si staccò, la fissò come un uomo posseduto. «Sei davvero sicura di voler giocare a quel gioco con me?» Stordita dal desiderio, probabilmente sarebbe caduta se lui non l'avesse tenuta stretta contro il suo corpo duro.

Pensò di fare l'innocente e chiedere "a quale gioco?", ma sembravano andare oltre. Cody l'aveva effettivamente messa in guardia: quasi tutto ciò che faceva che potesse essere interpretato come sessuale la metteva in pericolo di essere scopata da lui. Ed era certa che lui scopava duro e violento, come le sue maniere.

Fissò il suo mento ispido, non riuscendo proprio a sollevare gli occhi sul suo viso.

La parte idiota di lei voleva sventolare bandiera bianca e arrendersi. Gridare *prendimi!*, come la patetica femmina che era, sempre pronta a legarsi rapidamente.

Non sarebbe successo.

Mise le mani sul suo petto scolpito e spinse.

Lui indietreggiò, ma fu dopo un attimo di esitazione, come per mostrarle che le sue deboli spinte non significavano assolutamente nulla per un uomo, un lupo, forte come lui. I suoi occhi la trafissero come se fosse lì nuda.

Le portò il frutto gocciolante alle labbra, offrendoglielo per un altro morso. Dopo il suo avvertimento, avrebbe dovuto saperlo, ma affondò i denti nella polpa morbida del pomodoro e chiuse gli occhi all'esplosione di sapore, resa ancora più potente dal suo osservatore affascinato. Lui le passò il pollice sul labbro inferiore, infilandole i semi di pomodoro in bocca. «Non durerai a lungo qui.»

«Cosa intendi?» La voce le tremò solo un po'. Si leccò il succo dal labbro inferiore, sentendo la mancanza di essere schiacciata contro il suo corpo. Nonostante l'insieme di maglietta e boxer poco aderenti, non si era mai sentita così desiderabile in vita sua. Cody faceva scintillare ogni cellula del suo corpo, vigile, ribollente per il suo tocco.

Le afferrò i fianchi, le dita salde contro la sua carne. «Sto già morendo dalla voglia di seppellire il mio cazzo in profondità e martellare finché non urli il mio nome.»

Spalancò la bocca. Avrebbe dovuto essere scioccata dalla sua volgarità, ma i discorsi sporchi dovevano essere la sua passione perché le fiamme del desiderio bruciavano solo più calde. I seni dolevano, gonfi per il suo tocco; il clitoride pulsava a tempo con il battito del suo cuore.

«Io-io non posso» riuscì in qualche modo a balbettare.

Quello che intendeva dire era che poteva. In un batter d'occhio. Ma sarebbe stato qualcosa che avrebbe fatto la vecchia lei, e stava cercando, con tutte le sue forze, di smettere di essere la gemella perdente e di fare qualcosa di giusto con la sua vita, per una volta.

La lasciò andare e fece un passo indietro. Il calore bruciava ancora nel suo sguardo, ma mentre lei lo guardava, lui le rivolse un'espressione di disprezzo. «Allora stai alla larga, principessa, o potresti ritrovarti in una situazione compromettente.»

Capitolo tre

«Vado a farmi una doccia» ringhiò Cody, allontanandosi furtivamente dalla piccola umana allettante. Una doccia fredda. Cristo, cosa aveva di speciale?

Chiuse la porta del bagno con un sonoro clic e si tolse i vestiti da lavoro. Ben Stone gli aveva seriamente rovinato la vita con questo piccolo favore da alfa ad alfa. Sperava proprio che ne valesse la pena. Con l'acqua fredda al massimo, si infilò dentro, lasciando che inondasse il suo corpo finché il calore interno non cominciò a svanire. Chiuse gli occhi e si strofinò una mano bagnata sul viso, cercando di cancellare l'immagine di come era apparsa con quel pomodoro che le colava sul mento.

Non avrebbe dovuto essere così erotico. Ma c'era qualcosa di unico in questa femmina che la rendeva diversa dagli altri umani. Forse era per questo che Ben Stone si era innamorato di sua sorella. Il fatto che il potente capo del branco di Denver, il miliardario CEO di una società di giochi, che avrebbe potuto certamente scegliere qualsiasi lupa al mondo, avesse scelto un'umana diceva qualcosa.

Abbassò lo sguardo sul suo cazzo, che volava ancora a mezz'asta. Meglio che se ne occupasse prima di avvicinarsi di nuovo a quell'umana, o sarebbero stati guai.

Dopo averlo afferrato, appoggiò una mano contro le piastrelle e chiuse gli occhi, lasciando che Melissa si piazzasse in prima linea nel suo cervello. Immagini gli balenarono davanti agli occhi: il lampo della coscia bianca quando la sua gonna si era sollevata sulla motocicletta; il modo in cui le sue braccia si adattavano perfettamente alla sua vita; il suo profumo, inebriante nonostante la sua umanità.

Si strofinò il cazzo dolorante e lasciò che la successiva serie di immagini gli balenasse nella mente. L'umidità delle mutandine di pizzo rosa quando le aveva strofinato il clitoride, il lampo della figa dopo che gliele aveva strappate. L'aveva rasata a zero, per chi? Quel coglione di un ex fidanzato? Il pensiero gli fece digrignare i molari, le dita sul muro di piastrelle si piegarono in un pugno. Tornò indietro per rivivere il momento in cui l'aveva buttata sul letto, a quattro zampe, immaginando cosa sarebbe successo se lei lo avesse accolto, lo sguardo che avrebbe potuto lanciargli da sopra la spalla. Una lupa avrebbe scoperto i denti, ruotato le anche in avanti per dargli il culo.

Sì... cazzo, sì. Sparò nastri caldi di sperma contro il muro di piastrelle, con gli occhi che gli roteavano nella testa per il piacere. Girandosi di nuovo verso il flusso d'acqua, si risciacquò, notando che il cazzo rimaneva ancora fiducioso, nonostante il rilascio.

Non succederà, amico. Datti una mossa.

* * *

Melissa tirò diversi respiri profondi per riprendersi dall'intensità della presenza di Cody. Il suo telefono vibrò sul tavolo e lei gli diede un'occhiata. Jeremy stava richiamando? Non avrebbe dovuto preoccuparsi del suo benessere, ma non poteva farne a meno. Lo prese, ma era "Ed Smith". Doveva essere uno dei conoscenti di Cody.

Le sarebbe piaciuto molto richiamare Ashley e parlare ancora un po' di questa storia dei lupi, ma il suo telefono era rimasto nel suo appartamento. Così come il portatile.

Se Cody era serio sul fatto che non se ne andasse da casa sua, ne avrebbe avuto bisogno, altrimenti la sua attività sarebbe crollata di brutto, cosa che non poteva permettersi.

Posò di nuovo lo sguardo sul suo telefono. Si chiese quanto tempo ci avrebbe messo a fare la doccia. Avrebbe potuto chiamare un Uber per farsi accompagnare a casa sua. Se i tizi fossero stati ancora lì, avrebbe semplicemente chiesto all'autista di riportarla indietro subito. Ma se la casa le fosse sembrata vuota, sarebbe potuta entrare di corsa e almeno preparare una borsa da viaggio con le cose di base. Per quanto le piacesse indossare la maglietta di Cody, aveva bisogno di vestiti veri. E del suo spazzolino da denti, del trucco e, sì, del telefono e del portatile, accidenti!

Scaricò l'app Uber sul telefono di Cody e accedette al suo account, dove aveva già caricato i suoi dati di fatturazione. Inserì rapidamente l'indirizzo, che ottenne sporgendo la testa fuori dalla porta e controllando il cartello stradale e i numeri civici sulla casa. Era un quartiere decente, si rese conto. La proprietà poteva essere valutata il doppio di quanto aveva stimato inizialmente. Il che era strano. Chi comprava una casa nell'Old North End per trasformarla in un'officina?

Sì! L'Uber confermò cinque minuti. Poteva funzionare. Poteva andarsene prima che Cody uscisse dal bagno. Ovviamente, ci sarebbe stata un'infinità di guai al suo ritorno, ma era in parte eccitata per quello, per quanto folle sembrasse.

Una punizione da parte di un lupo sexy e pericoloso? Sicuramente qualcosa che le sarebbe piaciuto provare almeno una volta nella vita. Era sempre stata la gemella spericolata, come amava sottolineare Ashley. Sentendo l'auto arrivare, sgattaiolò fuori. Il suo abbigliamento era ridicolo, ma non le importava cosa pensasse di lei l'autista: era un'emergenza.

Salì in macchina e il tizio partì per casa sua, che era a circa quindici minuti di distanza.

Ma fu un viaggio inutile. Le luci illuminavano la casa e poteva vedere lo sfarfallio della televisione e le teste scure di due uomini seduti sul divano.

Accidenti.

«Non mi fermo qui» disse rapidamente all'autista mentre stava per parcheggiare. «Riportami all'indirizzo in cui mi hai preso.»

Lui si accigliò nello specchietto retrovisore. «Non era la corsa programmata.»

«Lo so. Aggiungerò subito il passaggio aggiuntivo», disse, digitando sul telefono, le dita che lampeggiavano sullo schermo mentre manteneva la promessa.

L'autista borbottò, ma la riportò indietro.

Le si contrasse lo stomaco prima ancora che la macchina si fermasse. Un lupo argentato gigante, davvero enorme, annusava l'erba intorno ai gradini d'ingresso. Sollevò di scatto la testa e i suoi occhi azzurro ghiaccio la fissarono dritti.

«Oh, mio Dio, è un lupo?» chiese l'autista. «Chiudi la portiera!»

«No, è il mio cane. Va tutto bene. Solo un grosso husky. Non so come sia riuscito a uscire. Grazie, aggiungerò la mancia alla corsa. Grazie!» Chiuse la portiera prima che lui potesse menzionare di nuovo il lupo.

Poi deglutì e si costrinse a muoversi in direzione della porta d'ingresso e dell'enorme lupo.

Un basso ringhio uscì dalla gola del lupo e lei si bloccò di colpo. Era Cody? E se fosse stato un altro lupo nemico?

Il lupo socchiuse gli occhi e si sedette, come se la stesse aspettando. Okay, lupo arrabbiato. Sicuramente Cody.

«Ciao, Lupo. Silver. Ragazzone.» La voce le tremava solo un po'. Girò la maniglia della porta d'ingresso. Nel momento in cui si spalancò, lui si infilò, davanti a lei.

Non propriamente un gentiluomo, vero? Probabilmente era una questione di dominanza. *L'alfa entra per primo* o una regola del genere. Pensava di ricordarselo da quella mostra di addestramento per cani di Cesar Milan. Non che stesse paragonando i mutaforma ai cani. Lei lo seguì e chiuse la porta dietro di lui. Si trasformò davanti ai suoi occhi, assumendo una forma umana, il magnifico corpo maschile completamente nudo, il cazzo che sporgeva a un perfetto angolo di novanta gradi.

Le si bloccò il respiro in gola. Wow.

Dannazione.

Come aveva sospettato, tutto il suo corpo era fatto di muscoli solidi. Almeno una dozzina di tatuaggi lo ricoprivano. Spalancò la bocca.

Ma aveva un lupo arrabbiato davanti. L'irritazione arrivava da Cody a ondate. I suoi occhi non erano ancora tornati grigi, lo sguardo blu freddo era gelido. Di sicuro non stava cercando sesso in quel momento.

«Dove diavolo sei andata?»

Fece una smorfia. «Ho preso un Uber per andare a casa mia per vedere se erano andati via. Volevo davvero il mio telefono e il portatile. Quei tizi erano ancora lì, quindi non mi sono fermata.» Le parole uscirono rapidamente, mentre sperava di rispondere a tutte le sue domande in una volta.

La guardò torvo e si diresse verso la camera da letto, presumibilmente per mettersi dei vestiti. Un attimo dopo, tornò con un paio di jeans, il torso ancora splendidamente nudo, a parte i tatuaggi. Ammirò quelli sui bicipiti sporgenti: erano disegni e motivi bellissimi, come cerchi nel grano o simboli antichi. Si chiese cosa significassero.

«Cosa ti avevo detto che sarebbe successo se te ne fossi andata?»

Arrossì quando le tornarono in mente le sue parole grafiche. *Ti sculaccerò finché questo culo perfetto non sarà rosso e la tua dolce piccola figa non sarà bagnata fradicia.*

Non riusciva a decidere se sperare che lui avrebbe dato seguito o meno alla minaccia. Si morse il labbro. «Mi dispiace, ma non posso restare rintanata qui per giorni senza il mio telefono e il computer. Ho dei clienti e un capo con cui devo comunicare. Posso fare molto online, potrei anche non perdere affari.»

Dilatò le narici e fece un respiro profondo come per calmarsi. «La tua carriera non significherà nulla se sarai morta. E ho dato la mia parola di alfa di tenerti al sicuro, il che significa che se fossi stata catturata, la tua decisione avrebbe seriamente rovinato anche la mia vita.» La fissò per un lungo momento, con un'espressione imperscrutabile. Si rese conto che i suoi occhi erano tornati normali senza che lei se ne accorgesse. Poi tese il palmo, come per tenerle la mano. «Vieni qui, principessa. È il momento della tua punizione.»

* * *

Condusse Melissa sul lato del divano, le spinse il busto sul bracciolo e le diede uno schiaffo sul sedere. Lei inspirò, ma mantenne la posizione, come se fosse interessata alla piega che stava prendendo.

Le diede un altro schiaffo sul sedere. Non voleva farle male, non in un modo che non fosse sessuale o che non le facesse stare bene. Per un momento, si concesse l'idea che Melissa fosse la sua compagna. Avrebbe comprato una di quelle pagaie pelose e imbottite e le avrebbe dato delle sculacciate che non le avrebbero mai fatto male, ma che sarebbero state solo il simbolo del suo dominio.

La massaggiò con movimento circolare sull'adorabile sedere, poi le diede un altro paio di schiaffi. Quanto lontano gli avrebbe permesso di arrivare?

Le sfilò i boxer dal sedere a forma di cuore. Erano decisamente troppo grandi per lei e lei aveva arrotolato più volte l'elastico, riuscendo in qualche modo a farli sembrare sia sexy che carini. Il fatto che fosse uscita con quell'outfit, da sola con un autista Uber, gli fece stringere i denti, desiderando di uccidere l'autista per averla vista in quel modo.

Le afferrò i polsi e glieli torse dietro la schiena, immobilizzandoli con una mano mentre le toglieva gli slip con l'altra.

Il cazzo si tese alla vista del culo nudo, che ruggiva alla vita, pronto a sprofondare tra quelle belle cosce e a non smettere mai di muoversi. Sollevò il palmo e lo lasciò cadere. Atterrò con uno schiocco sulla natica destra.

Sussultò, ma non emise alcun verso.

Lo ripeté sulla sinistra.

«Quando ti dico di stare ferma, tu stai ferma» ringhiò, aumentando l'intensità delle sculacciate.

«*Cattiva. Ragazza.*» Le diede una sculacciata solo un po' più forte.

Gemette, come se essere chiamata cattiva ragazza la

eccitasse. Beh, diavolo sì. Poteva essere la sua cattiva ragazza in qualsiasi momento.

Bevve il dolce profumo della sua eccitazione. Il cuore raddoppiò la velocità dei battiti quando si rese conto che la sua previsione si era avverata.

La figa gocciolava davvero per lui.

«Mi dispiace. Non lo farò più.»

Lui interruppe l'assalto e le accarezzò le natiche, meravigliandosi di quanto fosse morbida la sua pelle. Quanto amava vedere le impronte delle sue mani sul suo bel culo. «Non farai più cosa?»

«Non me ne andrò. Sarò buona.»

Gli piaceva ancora di più l'idea che fosse la sua brava ragazza.

Cazzo. Doveva smetterla di ossessionarsi per questa deliziosa umana.

Ma non riusciva a smettere di impastarle il culo, di strizzarle la pelle perfetta, di non liberarla dalla posizione di costrizione in cui l'aveva messa. Inspirò profondamente nel tentativo di trattenere la bestia che gli urlava di buttarla giù e montarla nel modo più degradante possibile.

«Allarga le cosce se vuoi che mi occupi di quel dolore tra le gambe.» La sua voce risuonò roca.

Lei si immobilizzò, solo la schiena si alzava e si abbassava con il movimento del suo respiro, il bel viso nascosto alla sua vista, affondato nei cuscini.

Dannazione.

Ovviamente non si sarebbe offerta a lui. Cosa stava pensando? L'aveva appena umiliata. Probabilmente non gli avrebbe più parlato.

Con suo grande stupore, i piedi si allargarono di un centimetro.

Lui non si mosse, non credendo ai suoi occhi. Le cosce si

aprirono di più, offrendo una chiara visione del cuore rosa del suo sesso, rugiadoso e paffuto.

Un brivido di lussuria lo attraversò. «Bellissima» mormorò, sentendosi tanto riverente quanto sembrava. Senza lasciarle i polsi, portò le dita al suo nucleo maturo, facendole scorrere delicatamente lungo la fessura.

Il modo in cui lei si inginocchiò sul bracciolo del divano gli fece quasi perdere il controllo. Soffocò un'imprecazione e cercò il clitoride. Era già gonfio, caldo sotto il polpastrello del suo dito. Girò una volta, due volte, poi schioccò e picchiettò.

Il suo grido lascivo gli fece sussultare i fianchi per seguire il movimento di quelli di lei. Girò di nuovo. Schioccò. Picchiettò.

«Cody...»

Amava il suono del suo nome sulle sue labbra, dannatamente troppo. Amava ancora di più il profumo della sua eccitazione. Non vedeva l'ora di assaporarla. Non vedeva l'ora di sentire come sarebbero stati i suoi piagnucolii quando fosse venuta.

Fece scivolare le dita verso il basso, cercando il suo ingresso accogliente. Scivolarono nel suo calore stretto. Lui le ruotò, inclinò il gomito per raggiungere la parte anteriore della parete interna, cercando il suo punto G.

Lei strillò e si inchinò verso l'alto, i polsi che tiravano la sua mano, le gambe che si raddrizzavano, il culo punito che si stringeva forte.

«Verrai per me, tesoro?» La voce non sembrava la sua; era scesa di due ottave.

«Sì» gemette.

«Per chi verrai?» Fece scivolare le dita fuori da lei e tornò al suo clitoride, girando, colpendo.

Le sue cosce tremavano, lei si muoveva senza sosta.

«Per te» ansimò.

Le schiaffeggiò il clitoride. «Dì *per favore.*»

«Per favore! Oh, Dio, per favore, Cody.»

«Ecco fatto, tesoro, di' il mio nome. Chi ti fa venire?»

«Cody! Cody mi fa venire.»

Lui le immerse di nuovo le dita dentro e le solleticò il punto G.

Lei urlò. Ancora una volta, si inarcò, tutto il corpo si irrigidì con le sue pareti interne, che gli strinsero le dita.

«Oh, mio Dio! Cosa mi hai fatto?» gemette mentre il suo corpo continuava a tremare e contrarsi, l'orgasmo continuava ancora e ancora.

L'orgasmo fu persino più spettacolare di quanto si aspettasse. Se non avesse saputo che fottuto privilegio era stato assistere, avrebbe potuto perdere il controllo. Riusciva ancora a malapena a sopportare di non reclamarla. Eppure, temeva che se l'avesse fatto, l'avrebbe marchiata. Aveva un effetto innegabile su di lui.

Con un gemito, Melissa finalmente finì. La prese immediatamente tra le braccia e si alzò.

«Devo metterti fuori portata, principessa» borbottò. «Prima di fare qualcosa che non dovrei.» La portò in camera da letto, tirò indietro le coperte e la sistemò sul materasso. Era adorabile con quella maglietta oversize e dovette sforzarsi di ignorare la consapevolezza urlante che non indossava le mutandine. Con uno schiocco delle coperte, coprì quella parte allettante della sua anatomia.

Pensò che avrebbe dovuto dire qualcosa. La parola *grazie* non era esattamente appropriata, visto che non era stato lui a venire, come continuava a testimoniare il suo pene dolorante. Probabilmente *buonanotte* avrebbe riassunto tutto, ma la sua lingua non funzionava, era attaccata al palato, quindi spense semplicemente la luce mentre usciva.

Avrebbe dormito sul divano. Il più fottutamente lontano possibile da quel piccolo essere umano allettante.

* * *

Melissa giaceva sul letto, floscia come una bambola di pezza. Il culo le formicolava. Il piacere la percorreva ancora a ondate, ma sentiva acutamente la mancanza della presenza di Cody.

Quella era probabilmente la cosa più eccitante che avesse mai sperimentato. Lui l'aveva resa vulnerabile, poi l'aveva ricompensata per questo.

La cruda intimità di tutto ciò la faceva sentire a pezzi. E poi il modo in cui si era spudoratamente abbandonata a lui, non solo quello, ma lo aveva implorato di farla venire, le faceva venire voglia di infilarsi in un buco.

Sbatté le palpebre nell'oscurità, tutte le emozioni della giornata la raggiunsero, dal terrore di nascondersi nell'armadio, allo stress post-traumatico che aveva fatto emergere dal suo rapimento un anno prima, alle sculacciate e poi al sesso. Se si poteva chiamare sesso. Il suo orgasmo. Lui non era venuto, il che l'aveva sorpresa. Non lo aveva valutato come il tipo di ragazzo a cui importava del piacere della sua partner. Per niente. Voleva chiamare Ashley, solo per sentire la sua gemella, per parlare di Cody e tutto il resto. Accidenti, se solo avesse avuto il suo telefono!

Dal nulla, un singhiozzo la strozzò. Non sapeva nemmeno di cosa si trattasse. Non era turbata o arrabbiata. Ma tutta l'emozione della giornata risalì in superficie. Trasse dei respiri profondi, cercando di soffocarla, ma più lo faceva, peggio diventava. Le lacrime le uscirono dagli occhi.

Oh accidenti.

Beh, almeno non era crollata davanti a Cody.

Non aveva bisogno di dare altre munizioni a quello stronzo. Ma *stronzo* non andava bene. Nessuno stronzo si sarebbe preso cura dei suoi bisogni senza soddisfare i propri. Nessuno stronzo l'avrebbe portata a letto e l'avrebbe infilata sotto le coperte come se valesse la pena accudirla.

Gesù, era così confusa.

La porta si spalancò di colpo e Cody entrò a grandi passi, con un'aria pericolosa. Lei sbatté le palpebre, asciugandosi rapidamente le guance.

«Cazzo, Melissa. Mi dispiace. Ti ho fatta piangere?» Si sedette accanto a lei e la prese.

Non voleva che la vedesse piangere. Ma quando lei si spinse contro di lui, lui le ingabbiò i polsi in una delle grandi mani e la prese in grembo.

Strano come riuscisse a calmarla all'istante.

Le mise i polsi bloccati contro il petto e le asciugò le lacrime da un lato del viso.

Lei trattenne il respiro.

«Sono uno stronzo. Mi dispiace.» Lui le accarezzò la testa, il collo, la spalla. Non in modo sessuale come prima. No, le stava offrendo conforto. Il suo genere, a quanto pareva.

Una coccola. In realtà, stava venendo coccolata dal cattivo ragazzo tatuato e volgare che le aveva appena dato delle pacche sul sedere e l'aveva messa a letto.

«No, non sei stato tu. È stato il tutto. È così imbarazzante.»

«Le lacrime sono l'arma di una lupa» mormorò. «L'odore delle lacrime di una femmina fa sì che il suo compagno o diventi un'arma nucleare per proteggerla, o si sottometta completamente al conforto.»

Ci pensò su, chiedendosi che effetto avessero le lacrime di una femmina umana su un lupo. Ma i suoi pensieri non riuscivano a tenere il passo con la stanchezza della giornata. Si lasciò cadere nell'abbraccio di Cody, appoggiandosi allo schienale, la testa posata alla spalla. Gli occhi si chiusero, vaghi pensieri su come avrebbe dovuto essere furiosa con questo mutaforma prepotente svolazzavano senza prendere piede. Non quando si sentiva così al caldo e al sicuro per la prima volta dal suo rapimento l'anno scorso. Forse per la prima volta da anni.

Si svegliò nella stessa posizione, ancora cullata a metà contro il petto di Cody. Nel momento in cui si mosse, lui le portò una mano sulla testa, accarezzandole di nuovo i capelli. O forse non si era mai fermato. Sbatté le palpebre alla sveglia illuminata sul comodino. Erano le due di notte. Ore da quando si era addormentata.

Aveva dormito? O l'aveva tenuta così per tutto il tempo?

Desiderando sdraiarsi completamente, si sfilò dalle sue braccia verso il letto, rannicchiandosi con la testa su un cuscino.

Cody le diede un bacio sulla testa, poi si alzò e uscì dalla stanza.

Questa volta sentì la sua mancanza ancora più acutamente. Il suo calore, il suo odore, anche se non aveva mai notato l'odore di un uomo prima. Il suo era particolarmente piacevole, come cuoio e pino e un uomo forte e laborioso.

Stava per chiamarlo, per dirgli che poteva condividere il letto con lei, ma la ragione tornò. Sarebbe stata una cattiva idea. Si era già comportata come una completa idiota, aprendo le gambe e implorandolo di avere un orgasmo. E lui gliel'aveva dato.

Dì il mio nome. Chi ti fa venire?

Anche da sola al buio, arrossì al ricordo. Come l'aveva ridotta a quella donnina supplicante e sfacciata? L'aveva spogliata del suo orgoglio e l'aveva portata sull'orlo dell'estasi con solo qualche schiocco di dita?

Un uomo, un lupo, come lui aveva probabilmente dormito con centinaia di donne per padroneggiare quel tipo di abilità. Era contenta di essere riuscita a evitare di fare sesso con lui. Mai più. No, grazie. Un ragazzo così... beh, era già mezza persa per lui. L'intensità della sua attrazione per lui la terrorizzava. Doveva fare tre passi indietro e stringere forte le ginocchia. Niente sesso, niente flirt. Sicuramente niente più coccole a mezzanotte.

Cody era l'incarnazione del tipo di cattivo ragazzo che lei aveva sempre scelto e questa volta avrebbe resistito.

Da qualche parte là fuori un bravo contabile o un ingegnere avrebbe probabilmente amato una promettente agente immobiliare e fidanzata.

Da qualche parte, un bravo ragazzo semplice e noioso avrebbe voluto sedersi sul divano, tenersi per mano e guardare *Mad Men* di notte con lei.

Perché sembrava così incredibilmente orribile?

Capitolo quattro

Cody aprì silenziosamente la porta d'ingresso e portò dentro le borse del Walmart. La casa sembrava silenziosa e le sue orecchie sensibili percepirono il lento sospiro di Melissa in camera da letto. Ancora addormentata. Era contento: ne aveva bisogno.

Aveva dormito meno di un'ora in tutta la notte. Quando aveva sentito l'odore delle sue lacrime dalla camera da letto la sera prima, era rimasto inorridito. Se fossero uscite durante le sculacciate, sarebbe stato abbastanza brutto, ma il fatto che lei piangesse dopo che lui pensava di aver allentato la tensione tra loro, o almeno la sua tensione sessuale, gli faceva venire voglia di sbattere la testa contro una trave di metallo.

Non sapeva come consolare una donna, non ci aveva mai provato in vita sua, ma la compulsione era stata travolgente. Quando lei lo aveva respinto, confermando i suoi timori che non lo avrebbe mai perdonato, semplicemente non riusciva ad alzarsi e andarsene.

La sua compagna era nel bisogno. Doveva provvedere.

Era così che si sentiva, comunque. Ma non pensava a

Melissa come a una compagna. Nemmeno lontanamente. Era umana, e non era il suo tipo. Non andavano nemmeno d'accordo.

Ma la chimica tra loro, o almeno la sua per lei, era alle stelle. Dopo averla confortata, non era più riuscito a dormire o anche solo a riposare. Qualcosa nella sua vicinanza gli aveva fatto ribollire il sangue. Il suo cervello aveva girato in tondo, sulla sua inspiegabile attrazione per lei, sui guai in cui si trovava, su come avrebbe potuto conquistarne la fiducia in modo che lei seguisse i suoi ordini e lui potesse tenerla al sicuro.

Si chiese com'era il suo ex fidanzato e provò pensieri violenti nei suoi confronti per averla messa in quella situazione.

Mise il latte e altri prodotti di prima necessità nel frigorifero. Scoprendo di non avere idea di cosa piacesse mangiare a Melissa, si era fermato al supermercato, poi aveva finito per comprare tutto quello che vedeva.

Dietro di lui, sentì il fruscio del movimento dalla camera da letto e poi lo scarico del water. La porta si aprì e il morbido rumore dei piedi nudi risuonò dietro di lui. Continuò a infilare la spesa nel frigorifero per temporeggiare mentre cercava di capire cosa dire. Quando neanche lei parlò, si voltò e prese una delle borse di Walmart. «Ecco alcuni vestiti. Sono sicuro che li odierai.»

Allungò la mano verso la busta. In qualche modo riusciva a sembrare ancora più bella con i capelli tutti arruffati e le guance ancora segnate di sonno. I suoi occhi si spostarono sulle labbra, che sembravano punte da api, gonfie e oh...così baciabili.

Le lanciò una seconda busta. «C'è un telefono usa e getta lì dentro. E un Chromebook, così puoi lavorare.»

Lei rimase a bocca aperta. «Mi hai comprato un telefono e un computer?»

«Solo un Chromebook.»

«Ma non posso permettermelo» disse subito, poi arrossì come se non volesse che lui lo sapesse.

Le sue parole lo sorpresero, anche se avrebbe dovuto capirlo dalla posizione della sua casa. Si era comportata in modo così altezzoso che aveva pensato che venisse da una famiglia benestante. Ma no, era una ragazza che voleva diventare ricca, il tipo che spendeva tutti i suoi soldi per sembrare ricca e si indebitava con la carta di credito per salvare le apparenze.

«Tuo cognato può» disse lui bruscamente. Non sapeva perché non voleva dirle che non era una fatica, che aveva un sacco di soldi e non gli dispiaceva comprarle delle cose. Forse era perché lei era stata così presuntuosa riguardo Walmart e casa sua. Come se si sentisse troppo per lui.

Non voleva impressionarla con i soldi, perché era una ragazza superficiale a cui importava di cose del genere.

C'era un difetto nella sua logica, ma non gli importava di scoprirlo in quel momento.

Lei alzò gli occhi al cielo e afferrò le buste, aprendole. Rialzò lo sguardo. «Grazie» disse a malincuore.

«Cosa manca?» Si accorse che voleva dire qualcosa ma si era trattenuta.

«Il trucco» borbottò.

Lui aggrottò la fronte. «Non ne hai bisogno.»

Lei abbassò le sopracciglia. «Come vuoi. Sei tu che devi guardarmi.»

Lui rise. «Quello che vedo io sembra perfetto, tesoro. Più che perfetto.» Arrossì sulle guance, facendo risaltare l'azzurro dei suoi occhi. Sì, quella ragazza non aveva bisogno di un filo di trucco.

«Ho un sacco di cibo. Non sapevo cosa ti piacesse mangiare, ma dovresti riuscire a trovare qualcosa. Devo andare a fare un po' di lavoro.»

Sollevò un sopracciglio incuriosito. «Che tipo di lavoro?»

Lui esitò. «Edilizia.»

«Mmm.» Sembrava proprio indifferente, come si aspettava. «C'è del caffè?»

Accidenti, non aveva pensato al caffè. «Niente caffè» grugnì.

Lei lo fissò sorpresa, come se le avesse negato un diritto fondamentale, come l'uso del bagno o qualcosa del genere.

«Dovrai farti forza, principessa.» Le digitò il suo numero sul telefono. «Il mio numero è lì. Chiamami se ci sono problemi. Devo mettere una guardia in casa o resterai qui?»

Socchiuse gli occhi. «Resterò qui.»

La fissò per un attimo, in stile alfa, ma dato che era umana, non capì del tutto. Non abbassò mai gli occhi, anche se un adorabile rossore iniziò a insinuarsi sulle sue guance.

Sebbene sapesse che non era saggio avvicinarsi troppo a lei, non riuscì a fermarsi. Si aggirò furtivamente e appoggiò una mano sul tavolo di fronte a lei, avvicinando il viso al suo. «Se metti piede fuori da questa casa, ti do di nuovo le sculacciate sul sedere» la ammonì a bassa voce con un movimento delle sopracciglia.

Dilatò gli occhi come se le piacesse l'idea. Be', questa era una cosa che avevano in comune. Lui inspirò il suo profumo prima di andarsene e sorrise quando percepì il meraviglioso odore di eccitazione.

Uscì, chiamando Ben mentre percorreva i pochi isolati che lo separavano dal suo attuale progetto di casa. Aveva solo poche stanze da dipingere e poi delle modanature da mettere sui pavimenti.

«Sono Stone.»

«Cody Steele. Ti chiamo per sapere se hai scoperto qualcosa dalla tua parte.»

«Il mio compagno di branco Mark Ruhl è della DEA a Denver. Conosce quel tizio, Rabago, che hai visto. Si dice in giro che qualcuno abbia fregato Rabago per una spedizione enorme a Colorado Springs. Vuole interrogare Melissa, ma ha già un'ordinanza di custodia cautelare in carcere per Jeremy, il suo ex fidanzato stronzo. La migliore ipotesi è che dietro al pessimo spaccio di droga ci fosse Jeremy o uno dei suoi amici e loro pensano che abbia lui i soldi. Sono disposto a pagare per tirare fuori Melissa, ma abbiamo bisogno di un piano per contattarlo e fargli l'offerta. Hai qualche contatto con questo tizio?»

«Nessuno.» I suoi compagni di branco non erano angeli, ma lui aveva aiutato la maggior parte di loro a diventare membri semi-contribuenti della società. Sapeva se qualcuno di loro era coinvolto in qualcosa di così profondo.

«Okay, continuerò a lavorare per conto mio. Tu tieni Melissa al sicuro e cerca di mettere le mani su quello stronzo del suo ex.»

L'alfa in lui si irritò quando Stone gli diede degli ordini, ma poi provò una fitta di dubbio sul fatto di lasciarla sola a casa. Forse avrebbe dovuto metterle una guardia.

«Cosa ci fai con una moglie umana, Stone?» sbottò.

«Fanculo.»

«No, davvero. Voglio capire.» Sembrava maleducato, ma non riusciva a spiegare a Ben Stone che trovava sua cognata completamente inebriante. Doveva solo sapere se Ben avesse provato la stessa cosa per la sorella di Melissa. Aveva voluto accoppiarsi con lei fin dall'inizio?

«È in parte lupa» ringhiò Ben.

Cody si fermò a metà strada sulla via verso la casa su cui stava lavorando. «Davvero? Anche Melissa?»

«Sono gemelle» disse Ben seccamente e lui si incazzò per il fatto di non saperlo. Non sapeva niente di lei, in realtà, e anche questo lo infastidiva. Non aveva intenzione di avere questa conversazione con Ben, però. Avrebbe chiesto a Melissa, porca miseria.

Aprì la porta ed entrò per preparare la casa per la verniciatura.

Sapere che era in parte lupa cambiava tutto. Spiegavo tutto. Non c'era niente che non andava in lui: aveva sangue di lupo che lo incantava. Ma non la rendeva comunque una scelta degna per una compagna. Aveva bisogno di una lupa che potesse fare cuccioli, non bambini umani. Ma almeno ora capiva l'attrazione.

Stese il telo e scosse una lattina di vernice, chiedendosi se avesse comprato qualcosa che le piacesse per colazione. Che stupidaggine. Scosse la testa per liberarla dai pensieri su di lei. Cosa gli importava se a lei piaceva quello che aveva comprato? Non la stava mica corteggiando.

* * *

Melissa preparò una frittata per colazione. Poi aggiunse un frullato di frutta, dato che Cody aveva comprato mirtilli freschi, lamponi e fragole. Strano, non pensava che un ragazzo come lui avrebbe comprato bacche fresche. Sembrava il tipo da cereali confezionati e pasti in scatola. Erano per lei?

Non voleva annullare nessuno dei suoi appuntamenti quella settimana, né i suoi impegni di volontariato con il Big

Brothers Big Sisters, ma non riusciva a vedere un modo per evitarlo. Chiamò in ufficio con il telefono fisso e disse che avrebbe lavorato da casa perché aveva mal di gola. Squillò di nuovo proprio mentre aveva finito di mangiare. Non era sicura se rispondere, ma poi riconobbe il numero di sua sorella.

«Ehi, come va? Cody ha mandato un messaggio a Ben con il tuo nuovo numero.»

Era stato gentile da parte sua.

«Sei sopravvissuta alla dominazione del lupo?»

Sbuffò. «Ok, prima di tutto, non stavi scherzando. Mi ha dato delle sculacciate!»

Ashley rise. «Stai bene? Hai...»

«Cosa?»

«Fatto sesso con lui?»

Lei si strozzò con il caffè, spruzzandolo sul tavolo della cucina. Afferrò un tovagliolo e asciugò le gocce. «Non esattamente.» La sua voce sembrava soffocata.

«Cosa è successo?» Solo una gemella non avrebbe avuto limiti nel pretendere ogni dettaglio sporco.

«Lui, ehm, mi ha portata all'orgasmo.» Rise.

«Bello. È stato bello?»

Perché arrossiva quando sua sorella non riusciva nemmeno a vederle il viso?

«È stato bello.» Non era vero. Era stato spettacolare. Cody aveva fatto di più con le dita di quanto qualsiasi altro ragazzo avesse fatto con la bocca, le dita o la virilità. L'orgasmo era stato esplosivo.

«Solo bello? Cosa non mi stai dicendo? Non ti è piaciuto il dominio? È per questo che sei arrabbiata?» indagò Ashley.

«Non sono arrabbiata. Cosa ti fa pensare che io sia arrabbiata?»

«Forse non è la parola giusta, ma la tua voce è tutta tesa come se ci fosse qualcosa che non stai dicendo.»

«Ci sono dei tizi che cercano di uccidermi, sono tenuta semi-prigioniera da un lupo che mi sculaccia, e non posso incontrare clienti o mostrare case, quindi potrei perdermi qualche affare importante. È abbastanza per avere la voce tesa?»

«È qualcosa che riguarda Cody. Lo so.»

Accidenti. Le sorelle erano difficili da ingannare.

«È sexy. E scontroso. Mi innervosisce. Non riesco proprio a capirlo. Un secondo decido che è un lavoratore arrogante e quello dopo mi sta confortando o sta facendo qualcosa di premuroso e per tutto il tempo mi eccita, facendo palesi avances sessuali che dovrebbero farmi incazzare, ma invece mi fanno bagnare le mutandine. È semplicemente troppo. Non so cosa farne.»

«Wow. Vorrei averlo incontrato. Non so se consigliarti di stargli alla larga o meno.»

«Penso che dovrei tenere le mutandine addosso e le gambe incrociate. Ha lo stesso tipo di fascino di Jeremy, e sai quanto è andata male.»

«Ugh. Sì, lo so. Allora probabilmente hai ragione. Stai alla larga. Non provocare il suo dominio, perché i momenti sexy complicheranno solo le cose.»

«Sono giunta alla stessa conclusione.»

«Ben sta lavorando per risolvere le cose con quello stronzo che è dietro a Jeremy. Lo pagherà o il suo amico lo arresterà. In entrambi i casi, se ne stanno occupando loro, ok?»

Espirò, liberandosi un po' dello stress che si portava dietro. «Grazie, mi sento un po' meglio. Mi dispiace se questa situazione sta rovinando la tua luna di miele.»

«No, va tutto bene. Sono in spiaggia a prendere il sole e

a bere un banana daiquiri, ma se vuoi che torniamo, prendiamo il primo aereo per tornare a casa.»

«No. Per favore, restate. Ehi, Ash?»

«Sì?»

«Non voglio che Jeremy venga ucciso. Potresti dirlo a Ben e ai suoi amici? So che non gliene frega niente di lui, e che tutto questo è colpa sua e tutto il resto, ma...»

«Cosa c'è, ti senti ancora in debito con lui per averti salvato la vita?»

«Sì.» Sapeva che Ashley avrebbe capito.

«Ok, riferirò il messaggio. Prenditi cura di te.»

«Anche tu. Divertiti con quel tuo lupo.»

«Lo farò. *Hasta luego, hermana.*»

Melissa rise per l'accento orribile. Lo spagnolo di sua sorella faceva schifo. «Ci sentiamo. Ti voglio bene.»

Riattaccò sorridendo e aprì il Chromebook che Cody le aveva comprato. Era stato sorprendentemente facile da configurare e in men che non si dica aveva avuto accesso alla sua e-mail e ai suoi annunci. Forse lavorare da Cody non sarebbe stato poi così male, finché avesse potuto gestire tutti gli affari al telefono, anziché di persona.

E lavorare in pigiama non era poi così male, anche se era pronta per una doccia. Si alzò e si stiracchiò, afferrò le buste di vestiti che Cody aveva comprato e si diresse verso il bagno.

Come il resto della casa di Cody, il bagno avrebbe avuto bisogno di una bella pulizia. Arricciò il naso per la muffa che cresceva negli angoli delle piastrelle e nell'anello intorno alla vasca.

Sgradevole. Non avrebbe messo piede in quella cosa finché non l'avesse disinfettata almeno tre volte.

Guardò sotto il lavandino e trovò dei prodotti per la

pulizia. Con un paio di guanti di gomma tirati fino ai gomiti, tirò fuori l'Ajax e si mise carponi con una spazzola.

Un'ora dopo ritenne il bagno passabile e fece la doccia. Certo, lo shampoo era una schifezza totale e non c'era balsamo. Inoltre, odiava, *odiava davvero*, i saponi deodoranti. Che schifo. Ora avrebbe avuto l'odore di erba insaponata per tutto il giorno.

Uscì dalla doccia e si avvolse un asciugamano attorno al corpo prima di gettare le borse di vestiti sul letto di Cody.

Sbuffò quando prese un pacco da quattro delle mutandine da nonna color pastello più brutte che avesse mai visto. Era uno scherzo? Forse sperava che avrebbero ucciso l'attrazione tra loro due. Oh wow, leggings viola. Rise ad alta voce quando vide la canottiera con la scritta Principessa in fucsia sulle tette. «Molto divertente, uomo lupo» borbottò.

Nella pila c'era anche della roba normale. Aveva comprato jeans di taglia 5 e 7, supponeva che non sapesse quale taglia le andasse bene. Diverse magliette a tinta unita e graziose mutandine di cotone che in realtà avrebbero potuto andar bene. Niente che avrebbe mai comprato da sola, ma era meglio che indossare la sua maglietta e i suoi boxer.

Sollevò un paio di calzini da strega bianchi e neri molto lunghi che probabilmente sarebbero serviti come autoreggenti. Doveva aver comprato questa roba apposta per provocarla.

Perfetto. Se era quello che voleva vederle indossare, lei gli avrebbe fatto uno spettacolino.

* * *

Cody aprì la porta d'ingresso e la spinse. Poi si fermò di

colpo. Melissa stava strofinando il pavimento della cucina a quattro zampe indossando... santo cielo.

Deglutì, la sua temperatura corporea salì di cinque gradi solo a guardarla. Melissa indossava un paio di mutandine nere e rosa, che tragicamente le coprivano gran parte del sedere, ma la parte posteriore delle cosce sopra i lunghi calzini bianchi e neri che aveva comprato era nuda.

Si voltò e si alzò in ginocchio, guardandosi alle spalle come una pin-up. Sopra indossava la canottiera da *principessa* senza reggiseno, le punte dei capezzoli erano evidenti attraverso il tessuto sottile. Si era legata i capelli in trecce - trecce, accidenti - e sfoggiava alla perfezione il look da Harley Quinn della *Suicide Squad*.

Gemette, sistemandosi il cazzo nei jeans per alleviare il dolore.

Lei si attorcigliò una treccia e finse una voce innocente. «Erano questi i vestiti che volevi vedermi indossare, Cody?»

Gli si seccò la bocca. Si appoggiò alla porta, non fidandosi di avvicinarsi a lei. «Ti avevo avvertita di cosa sarebbe successo se avessi giocato a questo gioco, vero?» La voce era roca e bassa, le mani strette a pugno sui fianchi, le unghie conficcate nei palmi.

«È chiaramente il tuo gioco. Mi hai vestita tu.»

«Ti farai scopare così forte che dimenticherai il tuo nome.»

Si alzò, sollevando il petto, le punte sode dei seni puntate direttamente verso di lui. «Hai comprato tu i vestiti.»

Be', aveva ragione su questo. Solo che lui li aveva comprati per scherzo. Mai in un milione di anni avrebbe immaginato che lei li avrebbe trasformati in un completo da gattina sexy che glielo avrebbe tenuto duro per sempre.

Non muoverti da questa porta. Impose al suo corpo di restare fermo.

«Hai tre secondi per correre in camera da letto e chiudere a chiave la porta. Non uscire finché non ti sarai cambiata con...» si schiarì la gola, «qualcosa che sopporterei di vederti indossare.» Lei non si mosse, gli occhi azzurri spalancati.

«Resta qui e ti farò piegare sul bracciolo di quel divano con il mio cazzo seppellito tra quelle fottute cosce meravigliose in meno di cinque minuti. Vai.»

Si spostò di lato, tenendo d'occhio il suo viso. Quando arrivò in camera da letto, si gettò dentro e sbatté la porta. Solo quando il rumore della maniglia gli disse che aveva chiuso a chiave la porta, lui respirò.

Si passò le dita tra i capelli. *Porca miseria.*

«Non tornare più fuori» urlò alla porta. *Non per una settimana, almeno.* Non sapeva come liberarsi della sua furiosa erezione. Si strofinò una mano sugli occhi, cercando di cancellare l'immagine di lei che strofinava il pavimento con quell'abbigliamento, che era rimasto permanentemente bruciato sulle sue retine. La desiderava così tanto.

Fissò il secchio e la spazzola sul pavimento per molto tempo prima di rendersi conto che in realtà stava pulendo. Non era stato solo per spettacolo. Una rapida occhiata in giro per casa rivelò tappeti aspirati, superfici spolverate, carte sistemate in pile ordinate. Persino i mobili erano stati spolverati.

Beh, che io sia dannato.

Non era sicuro di come conciliare la laboriosa donna delle pulizie con la snob altezzosa che disprezzava i vestiti di Walmart.

Si era fatta un mazzo tanto per pulire casa sua, cosa che lui apprezzava. Doveva ammettere che non se la cavava bene in casa. Se avesse vissuto con altre persone, avrebbe fatto la sua parte, ma dato che c'era solo lui, non gli importava molto. Passava tutto il giorno a sistemare case per altre persone, rendendole perfette. Non si sentiva così ispirato a farlo per sé. Ma ora, vedendo casa sua attraverso gli occhi di lei, rabbrividì. Era piuttosto brutta. Di certo non era il posto in cui si porterebbe una ragazza per impressionarla.

Ma non aveva fatto assolutamente nulla per impressionare quella ragazza, no?

Uscì dalla porta sul retro per accendere la griglia. Aveva comprato un paio di bistecche e l'idea di cucinare per lei dopo che lei aveva pulito casa sua gli sembrò improvvisamente importante.

«Puoi uscire ora» gridò quando tornò, tirando fuori le bistecche dal frigorifero e schiaffandole su un piatto per insaporirle con condimento e salsa Worcestershire. «*Se* hai messo qualcos'altro» aggiunse frettolosamente. Lei emerse, vestita con un paio di jeans e una maglietta rosa shocking. Lui fece una smorfia. «Capito.»

Lei incrociò le braccia al petto. Questa volta indossava un reggiseno, risparmiandogli il dolore di fissarle i capezzoli. «Cosa?»

«Avrei dovuto lasciarti scegliere i vestiti da sola.» Sembrava ancora sexy, perché i vestiti non facevano la differenza per una donna come lei, ma l'outfit non le stava bene; i jeans erano troppo grandi e la maglietta troppo piccola.

Rise piano, un sorriso meraviglioso le illuminò il viso.

«Vieni qui, Melissa.» Lui piegò un dito, aspettandosi quasi che lei gli dicesse di andare a farsi fottere.

Non lo fece, però, e il movimento dei suoi fianchi mentre si avvicinava vanificò tutti gli sforzi che aveva fatto per calmare la sua libido furiosa.

Le afferrò un polso e la fece girare verso il bancone della

cucina, appoggiando la sua mano, insieme alla compagna, sul bordo del tavolo. «Allarga le gambe, piccola» le mormorò all'orecchio.

Incredibilmente, obbedì.

Abbassò la mano con forza su una natica coperta di jeans.

Lei ansimò, ma non si mosse.

Le diede uno schiaffo dall'altro lato, altrettanto forte. «Sai il perché, principessa» ringhiò. Con molta meno forza, sollevò il palmo per sculacciarle la figa.

«Oh!»

Lui spinse i fianchi contro i suoi, allungando la mano e strofinando la cucitura dei jeans contro il clitoride. «Grazie per aver pulito la mia casa» mormorò contro il suo orecchio, poi lo morse. «Sei stata gentile. Mi dispiace che fosse un disastro.»

Non si scusava spesso, e non era facile, soprattutto non con lei. Fortunatamente, lei non si scompose. Ovviamente, poteva non averlo nemmeno sentito, perché il suo dito continuava a giocare con la cucitura dei jeans proprio contro il clitoride e lei si dimenava contro di lui, il respiro le usciva in rapidi e bruschi ansiti. «Ho scoperto perché hai un odore così buono per essere un essere umano.» Le leccò il padiglione dell'orecchio. «Hai un po' di sangue di lupo dentro.»

«Ti eccita?» Il tono roco della sua voce fece quasi diventare bionico il suo cazzo mentre cercava di perforarle i jeans per inchiodare quel dolce culetto che lei continuava a strofinare contro di lui.

Gli si oscurò la vista, ma fece dei respiri profondi per tenere a bada la bestia. «Quanto tempo pensi che ci metterei per farti raggiungere l'orgasmo proprio qui, con quei jeans ancora addosso al tuo corpicino caldo?»

Tremava sotto di lui, strofinando la figa contro le sue

dita. Quando non rispose, le diede un altro schiaffo al monte di Venere. «Hmm?»

«Non lo so» gemette. Sembrava vicina. Molto vicina.

Lui le fece scivolare una mano sotto la maglietta e le impastò il seno. «Trenta secondi? Di più?»

Lei allungò la mano indietro e gli afferrò il collo, conficcandogli le unghie nella pelle. La mossa da lupa lo fece ruggire mentre ancora una volta mentre la bestia riaffiorava in superficie, pronta a marchiarla.

Le strofinò la nocca sul clitoride, le schiaffeggiò la figa forte e veloce.

Lei strillò, tirandogli il collo, penzolando da esso mentre le gambe le cedevano.

Con un altro deciso movimento dei jeans sul clitoride, ringhiò, «vieni per me, tesoro.»

Lei scattò. Sollevò i fianchi selvaggiamente e lui dovette tenersi stretto per mantenere la pressione dove contava. Con la testa gettata all'indietro sulla sua spalla, gli graffiò la nuca, gridò più e più volte mentre tutto il suo corpo rabbrividiva per il rilascio.

Il suo stesso corpo tremava, lo sforzo di trattenere il desiderio era grandissimo. La fece girare, la inchiodò con la schiena contro gli armadietti. I suoi occhi avevano cambiato colore, lo capì dal modo in cui lei li fissava, paura e fascino contrastavano nella sua espressione.

«Non... dovresti farlo» disse senza fiato. Anche se aveva ragione, lo offendeva. Voleva che lei sospirasse il suo nome, cadendogli addosso con beata gratitudine.

Ma ovviamente non sarebbe successo. Non con Melissa e gli alti standard che non avrebbe mai raggiunto. Con grande forza di volontà si allontanò da lei e fece un passo indietro.

Afferrò il piatto di bistecche e uscì a grandi passi nel cortile per lanciarle sulla griglia.

* * *

Come l'ultima volta che Cody l'aveva portata all'orgasmo e poi l'aveva lasciata all'improvviso, si sentiva alla deriva. Il corpo sentiva la mancanza del suo calore, del profumo maschile, della voce roca e calda nell'orecchio. Il clitoride pulsava, infiammato dopo la sua tortura.

Era sembrato offeso mentre si allontanava furtivamente.

Cosa stava cercando di dimostrare? Che poteva controllarla facilmente con il sesso come con la minaccia di punizione? O semplicemente non poteva trattenersi?

Sperava segretamente che fosse la seconda.

Aveva visto la fame sfacciata sul suo viso quando era entrato per la prima volta e aveva visto il suo abbigliamento. Aveva chiuso i pugni ed era rimasto incollato alla porta, come se temesse di avvicinarsi troppo a lei.

Aprì il frigorifero e tirò fuori il condimento per l'insalata, mettendosi automaticamente al lavoro mentre rimuginava su quei due metri piazzati di guai.

Forse questa era la forma di corteggiamento del lupo: incontri sessuali bollenti disseminati di minacce di cose ben peggiori. E lei l'aveva respinto con il suo avvertimento dopo aver raggiunto l'orgasmo. Probabilmente era per questo che lui se n'era andato, quel tic alla mascella mostrava che era riuscita ancora una volta a irritarlo.

I loro scambi erano quasi diventati un gioco per lei. Solo che non era sicura di voler vincere. Non se questo significava che Cody la considerava una stronza senza cuore a cui importava solo di sé stessa, e sapeva che era così che si presentava.

Ma non aveva nemmeno bisogno di mostrargli il suo vero io. Questa non era una relazione, aveva già deciso che non poteva andare da nessuna parte.

Quando ebbe finito di mettere due insalate sui piatti, Cody tornò con le bistecche cotte, ancora incazzato.

«Mmm, che odore paradisiaco» disse nel tentativo di ignorare la tensione tra loro.

«Quindi mangi carne?» chiese lui bruscamente.

Non era sicura se fosse un'altra allusione. Si stava lamentando del fatto che lei non aveva ancora ricambiato con un pompino? Lei gli lanciò un'occhiata di traverso e si accontentò di un ambiguo «Sì.»

Lui guardò i piatti che aveva preparato. «Grazie per aver preparato l'insalata.» Sembrava riluttante, come se gli costasse ringraziarla per qualcosa o come se le buone maniere fossero un territorio sconosciuto. Le diede una stretta al cuore. Si stava davvero sforzando di essere educato?

«Grazie per la bistecca.» Cercò di mantenere un tono di voce leggero e amichevole.

Lui aggiunse i coltelli da bistecca alle loro stoviglie e si sedette sul divano con lei. «Quanto al sangue?»

Sapeva cosa stava chiedendo: della sua discendenza da lupo. «Un quarto. Mia nonna era coinvolta con un lupo a Cheyenne. Ha dovuto lasciarla perché era umana e non ha mai saputo che era incinta.»

Cody aggrottò la fronte. «Tua nonna non è riuscita a trovarlo per dirglielo?» La sorpresa gli increspò le rughe sulla fronte.

Infilzò un pezzo di bistecca con la forchetta e se lo infilò in bocca. «Mmm.»

Cody smise di mangiare, fissando le sue labbra mentre masticava.

«Questa è paradisiaco.»

Le sembrò che abbassasse forzatamente lo sguardo sul suo piatto per prendere un boccone di bistecca.

«Non ci ha provato. Ha detto che il suo branco lo aveva costretto ad andarsene, quindi non voleva interferire. Aveva già fatto la sua scelta.»

Cody si pulì la bocca con un tovagliolo. Per qualche ragione, si ritrovò sorpresa da quanto fossero raffinate e colte le sue maniere a tavola. Aveva pensato che fosse una specie di zotico, ma invece, aveva messo subito il tovagliolo in grembo, masticato a bocca chiusa e mangiato con ordine per un uomo così grande e affamato. Non grandi imprese, ma che né Jeremy, né nessuno dei ragazzi con cui era uscita in passato, erano riusciti a fare. «Avrebbe cambiato le cose» disse con tono pratico. «Avrebbe dovuto dirglielo. Un lupo si prende cura dei suoi simili.»

La curiosità guizzò, arricciandosi nel suo petto. Voleva sapere come un lupo si prendeva cura dei suoi simili, non in senso ipotetico, ma specificamente, come un lupo playboy come Cody, che sembrava un single impenitente, si sarebbe preso cura di una femmina se l'avesse messa incinta accidentalmente. Scosse la testa per scacciare quell'idea vagante dalla sua mente. Da dove venivano quei pensieri?

Cody continuò: «Avrebbe protetto la sua femmina e quel cucciolo a costo della vita, avrebbe provveduto a entrambi. Di chi era padre? Di tua madre o di tuo padre?»

«Di mio padre.»

Ingoiò un altro boccone di carne saporita. Cody l'aveva condita e aveva solo scottato l'esterno, quindi la carne al sangue si sciolse in bocca. Si ritrovò vagamente sorpresa che lui sapesse cucinare una bistecca da gourmet, aspettandosi che fosse più il tipo da affogarla nella salsa barbecue, o Dio non voglia, nel ketchup. Invece, aveva preparato una bistecca migliore di quella che avrebbe trovato nella migliore steakhouse del Colorado.

«Tuo padre non è mai mutato?»

«No, e non lo sa. Ashley e io non lo abbiamo scoperto finché Ben non l'ha marchiata.»

Cody le guardò di nuovo le labbra, quell'espressione di fame gli tremolava sul viso prima che trascinasse gli occhi per incontrarla. «Cosa è successo?»

Una parte di lei non voleva dirglielo, dopotutto era la storia di Ashley e Ben. Ma una parte che non voleva esaminare troppo a fondo pensava che lui avrebbe dovuto saperlo, che aveva bisogno di saperlo, nel caso in cui fosse diventata rilevante per... loro.

«È successo accidentalmente. Ben ha perso il controllo e l'ha morsa qui.» Indicò il punto in cui il collo incontrava la spalla, ricordando i segni orribili sulla sorella subito dopo che era successo. «Si è ripresa molto più velocemente di quanto si aspettassero, il che ha portato uno dei suoi compagni di branco a chiedersi se avesse sangue di lupo. Ci siamo rese conto che non ci siamo mai ammalate o ferite e nostro padre si vantava di non essere mai stato malato un giorno in vita sua. Inoltre, la riga destinata al padre è vuota sul suo certificato di nascita. Così Ashley e io siamo andati in Wyoming per chiedere a nostra nonna Jane, e lei ci ha raccontato la sua storia.» «Wyoming, eh? Come si chiama?»

Scosse la testa. «Non ce l'ha detto. Perché, conosci i lupi nel Wyoming?»

Cody annuì. «Sì. La comunità dei lupi è piccola.» Aveva finito la sua bistecca e l'insalata e si pulì di nuovo la bocca e posò la forchetta e il coltello sul piatto, come se fosse al ristorante. «Il branco del Wyoming verrà a Estes Park il mese prossimo per i giochi annuali. Forse dovresti andarci.»

Rimase a bocca aperta per la sorpresa. «Tu ci vai?»

Un muscolo della sua mascella sussultò. «No. È il lavoro di mio padre e non andiamo d'accordo.»

Archiviò quell'informazione per rifletterci più tardi. In qualche modo non la sorprendeva che non andasse d'accordo con il padre. Anche se doveva avere quasi trent'anni, portava con sé quell'aria da "ribelle" come un distintivo.

Era nella sua natura servire, anche un uomo che non lo meritava, quindi si alzò, prese i loro piatti dal tavolino e li portò in cucina. Senza controllare, capì che lo sguardo ardente di Cody la stava seguendo e dovette ammettere che le piaceva. Non era mai stata con un ragazzo che la facesse sentire così desiderabile. Il fatto che Cody sembrasse incapace di controllare il suo desiderio, nonostante la sua evidente antipatia per lei, le dava un senso di piacere e potere.

Capitolo cinque

Cody infilò di nuovo la pistola nella cintura dei jeans. «Dai, principessa.» Melissa aveva appena finito di lavare a mano tutti i piatti, una vista che quasi lo distrusse. I suoi atti domestici lo rendevano più duro della pietra. Accidenti, tutto di lei lo rendeva duro. Ma la sua disponibilità a dare una mano gli piaceva, e non perché gli importasse di quelle cose.

Andava contro la sua impressione iniziale che fosse solo un'umana viziata e snob. Ma affiorava anche qualcosa di più primitivo: il suo lupo interiore pensava fosse la prova che era degna di un compagno.

Peccato che il suo lupo interiore si sbagliasse.

Un quarto di lupo significava comunque tre quarti di umana. Era cresciuto a Estes Park, Colorado, dove l'intera cittadina di montagna era composta da mutaforma. Non aveva dovuto avere a che fare con gli umani. Anche dopo essere stato cacciato di casa a sedici anni, era rimasto con i suoi simili. A parte il sesso gratuito casuale con le femmine umane, non le trovava molto utili. E la presa in giro di suo padre al momento dell'addio lo aveva convinto che avrebbe preferito morire single piuttosto che accoppiarsi con un'umana e dimostrare che suo padre aveva ragione.

Melissa si voltò da dove stava pulendo i ripiani per la seconda volta: chi puliva due volte i ripiani? Si chiese se lo facesse dopo ogni pasto.

«Dove andiamo?»

«Al centro commerciale per comprarti dei vestiti.»

La sorpresa le attraversò il viso. «Oh.» Poi la sua espressione si rabbuiò. «Ascolta, non ho la borsa, quindi non ho le mie carte di credito o altro.»

«Ci penso io.» Questa volta non fece riferimento al cognato. Stava iniziando a intuire che lei non gli chiedeva soldi, cosa che poteva capire.

Lei inarcò un sopracciglio con espressione dubbiosa e lui fu attraversato da un improvviso fastidio. Pensava che non se lo potesse permettere. Se avesse saputo che aveva mezzo milione di dollari in banca e quasi altri due milioni e mezzo attualmente impegnati in immobili, forse non si sarebbe comportata in modo così snob con lui. Ma lui non voleva impressionarla con i soldi, principalmente perché lei era esattamente il tipo di donna che si sarebbe fatto impressionare. In qualche modo, il suo atteggiamento snob e superficiale gli faceva desiderare di essere inesorabilmente sé stesso: rozzo, zotico e lavoratore.

«Non ti preoccupa che mi vedano fuori?»

Lui tenne aperta la porta d'ingresso. «Un po'. Ma sarò con te.»

Lei gli passò accanto e arricciò il nasino all'insù. «Hai un livello piuttosto alto di fiducia in te stesso, non è vero?»

Le diede una pacca sul sedere mentre la seguiva fuori. «Ecco perché sono un alfa, tesoro.» Lei sbuffò, poi si fermò sul marciapiede, fissando la scritta CJ Steele Construction sul suo pick-up. «Lavori per CJ Steele?»

Lui esitò solo per un momento prima di rispondere con calma: «Sì.» Non era una bugia. Lui era Cody Jack Steele, solo che si faceva chiamare Cody, non CJ. Quindi, sì, era il proprietario dell'azienda e sicuramente lavorava per sé.

Lei girò lo sguardo verso di lui, qualcosa di simile allo stupore che le brillava negli occhi. «Davvero? Restauri le vecchie case del North End?»

Lui cercò di ignorare il piacere feroce che il suo tono ammirato suscitò. Doveva essere il suo lupo interiore, ancora in cerca di sesso con l'umana dalle lunghe gambe. «Sì.»

«Wow. Com'è? Lui dirige e i suoi lavoratori eseguono? O c'è una formula... magari usate uno stylebook? Da quanto tempo lavori per lui?» Il fastidio per il fatto che lei lo aveva dato per un semplice lavoratore nei progetti si scontrava con l'apprezzamento per il suo entusiasmo. Lui pensava che la sua azienda facesse un buon lavoro, e anche il mercato sembrava pensarla così, ma il modo reverenziale in cui parlava lo faceva sentire un dannato eroe.

«Sono in azienda praticamente dall'inizio.» Le tenne aperta la porta, soprattutto perché sapeva che lei non pensava che lui ne avesse le capacità. «Immagino che Steele diriga tutto.»

Si girò e si sedette al posto di guida.

«Il mio primo affare come agente è stato con CJ Steele.» Sembrava dispiaciuta. «Mi hanno fatto il culo.»

La sua insolita umiltà lo affascinava e la vide arrossire al ricordo mentre avviava il camion. «Cosa intendi?»

Scrollò le spalle. «Ho perso l'affare. Un affare enorme: una casa da mezzo milione di dollari. È stato orribile: ero così orgogliosa di aver preso il patentino e pensavo che finalmente avrei fatto qualcosa di me stessa e poi ho completamente rovinato tutto.»

Non gli piaceva sentirla parlare in quel modo di sé.

Finalmente avrei fatto qualcosa di me stessa? Non gli sembrava una stronza come era stata con lui. A parte la pessima scelta del fidanzato, ovviamente.

Si sforzò di ricordare un affare saltato, ma ce n'erano stati così tanti e non sapeva quanto tempo prima.

«Ho saltato l'ispezione e Steele ce l'ha tolta. Probabilmente aveva un'offerta migliore e stava solo aspettando che io facessi un pasticcio.» Di nuovo, sembrava pentita, più che amareggiata. Di sicuro non ricordava di aver tolto una casa a un acquirente perché aveva un'offerta migliore, ma un affare era saltato sei o sette mesi prima a causa di un'ispezione.

«*Steele* te l'ha tolta?»

Scrollò le spalle. «È la parte difficile del mercato immobiliare. Non puoi mai dire se è l'agente a essere duro o il tizio dietro di lui. Mi piace pensare che sia stato l'agente.»

Contrasse le labbra. «Perché?»

«Amo il lavoro di Steele. Ammiro da morire lui e quello che ha fatto in questa città in pochi anni.»

«Uh.» Lo attraversò un piacere irrazionale.

«Muoio dalla voglia di possedere una casa di CJ Steele, sono così belle.» Il rispetto e lo stupore nella sua voce gli fecero dolere il petto, il che non aveva alcun senso. Non poteva essere perché voleva che lei provasse quell'ammirazione per lui, Cody, invece che per lo Steele che aveva messo su un piedistallo.

Parcheggiò al Promenade Shops a Briargate e guardò la scena con aria minacciosa. Avrebbe preferito avere delle puntine infilate sotto le unghie piuttosto che andare a fare shopping di vestiti. Avrebbe voluto semplicemente dare a Melissa una mazzetta di soldi e aspettarla in macchina, ma non sarebbe stato sicuro. Guardò l'orologio sul cruscotto.

«Hai quarantacinque minuti per trovare quello che ti serve.»

Spalancò gli occhi come se fare shopping così in fretta fosse una cosa impossibile. «Perché? Che fretta c'è?»

«Dopo quel tempo, la mia pazienza per questo» fece un gesto irritato verso i negozi, «finisce. E credimi, non vuoi scoprire cosa succede quando perdo la pazienza.» Pensò di sembrare uno stronzo brontolone, ma Melissa ridacchiò.

Vedere la luminosità del suo sorriso gli tolse quasi il fiato. Angelico. Gli fece venire voglia di farla ridere di nuovo, ma non gli venne in mente niente di divertente da dire. Invece le sue labbra lo sorpresero allungandosi in un sorriso in risposta.

I loro sguardi si incrociarono, indugiando troppo a lungo finché non si costrinse ad aprire la portiera del camioncino e a cadere fuori.

Melissa si diresse dritta al negozio Anthropologie, con passo svelto. A quanto pareva, lei aveva preso il limite di tempo come una sfida. Sorrise e la seguì, con gli occhi puntati sul suo fondoschiena a forma di cuore.

Si mosse in modo efficiente, apparentemente sapendo cosa voleva, e prese i vestiti dall'espositore con aria determinata. Lui rimase sulla porta, con le braccia incrociate sul petto. A giudicare dagli sguardi che la gente gli lanciava, si distingueva. Be', ci era abituato. I tatuaggi e l'aspetto rude attiravano sguardi diffidenti ovunque andasse. Tuttavia, sembrava sottolineare le differenze tra lui e Melissa, il che per qualche motivo lo faceva incazzare.

Non aveva alcun interesse per Melissa. Nessun interesse a parte quello di aprire quelle cosce bianche e cremose e scoparla forte e veloce finché lei non avesse implorato di venire. Perché avrebbe dovuto preoccuparsi se erano compatibili? Non stavano mica iniziando una relazione.

Tranne che sapeva che la maggior parte di ciò era una

bugia. Il suo lupo la voleva, per un bisogno che andava oltre il sesso.

Compagna.

Imprecò piano sottovoce, cogliendo un'altra occhiata nervosa da un cliente.

Non si sarebbe accoppiato con un'umana. Soprattutto non con una mocciosa snob come questa. Ma il ricordo del suo viso illuminato da quel sorriso gli balenò nella mente e si sentì ammorbidire di nuovo. Quel sorriso era stato genuino, la vera Melissa. La ragazza che gli aveva permesso di tenerla in braccio la sera prima dopo che l'aveva fatta piangere. Quella ragazza... di cui aveva bisogno.

* * *

Melissa cercò di prendere rapidamente nota mentale dei vestiti di base di cui avrebbe potuto aver bisogno. Un paio di cose casual, qualcosa di adatto al lavoro, per ogni evenienza. Biancheria intima. Pigiama. Non voleva spendere troppi soldi: non aveva molto sul suo conto in banca da usare per rimborsare Cody, motivo per cui avrebbe preferito usare la sua carta di credito.

Tenne d'occhio l'orologio, non perché fosse preoccupata che Cody "scadesse", ma perché amava le sfide. Diciotto minuti. Prese i vestiti che aveva trovato e uscì, incrociando lo sguardo di Cody. Odiava che dovesse pagare. Non sapeva quanti ne avesse, ma essere un peso per lui non le andava giù.

Si diresse verso di lei, i suoi movimenti erano molto più fluidi e aggraziati di quanto si sarebbe aspettata da un uomo così grosso e muscoloso. Ma non era solo un uomo. Ricordò il lupo argentato che la stava fiutando fuori la sera prima: enorme, minaccioso. Magnifico. Lui si mise una mano in tasca e tirò fuori una mazzetta di banconote, proprio come si aspettava da un tipo come lui. Niente portafoglio. Niente carte di credito. Solo un'enorme mazzetta di contanti. Un po' come Jeremy. Vuol dire che era interessato a cose illegali come Jeremy? Perché portava con sé così tanti contanti?

Afferrò una borsa da un espositore lì vicino e la gettò sul bancone.

Lei sollevò un sopracciglio e lui scrollò le spalle. «Ne serve una, no?»

Si morse la lingua per trattenersi dal dire, *sì, ma non quella*. Lui pensava già che fosse una stronza schizzinosa. Esaminando le altre sullo scaffale, la scambiò rapidamente prima che il cassiere la battesse.

Cody pagò tutto, *gulp*, duecentottanta dollari di roba. Lui le posò una mano sulla nuca mentre uscivano. «Va tutto bene, piccola. Hai paura di dovermi restituire i soldi?»

Le si leggeva in faccia? Non le piaceva dipendere da lui in quel modo. Raddrizzò le spalle e sollevò il mento. «No, posso permettermelo. Ho solo bisogno di avere accesso alle mie cose.» La voce le uscì leggermente più acuta del solito.

La contemplò per un momento e lei si sentì spogliata, come se avesse visto oltre la sua bugia. Si fermò, la mano sul suo collo la trattenne mentre la tirava verso di sé. Sollevandole il mento, brontolò con la sua voce profonda, «Me ne occupo io.» Una luce malvagia gli brillò negli occhi. «Ma sei la benvenuta a mostrare il tuo apprezzamento per il tuo paparino in qualsiasi modo tu voglia.»

Curvò le labbra quando colse la cruda fame nella sua espressione. Ricordando il potere che aveva sentito nel tentarlo quel pomeriggio, gli passò le dita sul petto, tracciando le linee dei suoi muscoli scolpiti. «Davvero?» fece le fusa, usando una voce mielosa e abbassando le palpebre a mezz'asta. «Proprio qui? Nel centro commerciale?»

Gli occhi gli diventarono azzurri. «Attenta» gracchiò, con una voce due ottave più profonda del normale. Le infilò le dita tra i capelli e li strinse nel pugno, tirandole indietro la testa mentre la tirava contro il suo corpo. Il rigonfiamento insistente dell'erezione premeva contro il suo ventre. «Pensi che non troverò un modo per scoparti senza pietà, proprio qui, al centro commerciale?» Rise aspramente. «Sono un lupo molto intraprendente quando mi viene offerta una sfida.»

Le si seccò la bocca, il calore scese dal suo nucleo lungo l'interno delle cosce. Quando si inumidì le labbra con la lingua, i suoi occhi si fissarono su di essa, il corpo si irrigidì.

«Cody.» Le tremava la voce. «La gente sta guardando.»

Un po' della ferocia abbandonò il suo viso e si rilassò, ma la tenne ancora in posizione contro di sé. «Avresti dovuto pensarci prima di provocare il mio cazzo.» Gli occhi tornarono grigi. Chinò la testa e, con suo grande stupore, la baciò. Non un bacio dolce e gentile, ma uno violento e predatorio.

Lei rimase immobile, le viscere palpitanti, mentre la sua lingua le passava tra le labbra e lui le mordeva e le succhiava, riposizionava l'angolazione e lo faceva di nuovo.

Quando la lasciò, fu tutto in una volta: la mano lasciò andare i capelli, lui sollevò la testa dalla sua e fece un passo indietro.

Lei barcollò sui suoi piedi, stordita dal bacio, senza fiato. Tremante.

«Dovrò punirti per questo» borbottò e questa volta non ci fu dubbio sull'eccitazione che le sue parole produssero. La figa si contrasse, il calore liquido le colò lungo le gambe.

Dio, sì.

Le narici di Cody si dilatarono e girò la testa di scatto, posò lo sguardo su una madre tesa e preoccupata e i due figli che si affrettavano a superarli. La bambina, che sembrava avere circa sette o otto anni, allungò il collo per guardare Cody finché sua madre non le tirò il braccio, spingendola avanti. «Li conosci?»

Cody aggrottò la fronte. «No.»

Aspettò, perché *no* non era una spiegazione sufficiente per il modo in cui lui e la ragazza si erano fissati.

«Sono mutaforma. Non li avevo mai visti prima.»

«Oh.» Sbatté le palpebre sorpresa. «Potevi... sentirne l'odore?»

«Sì.»

«È insolito? Dovresti salutarli o qualcosa del genere?»

Le rivolse un sorriso insolito, come se la trovasse divertente o carina. «Sì. Questa è la mia città, io sono alfa. Se vive qui, avrebbe dovuto cercarmi per presentarsi.»

«Forse non ne ha avuto la possibilità?» Ma mentre lo diceva, si rese conto che la donna dava la netta impressione di stare cercando di allontanarsi da Cody prima che lui la notasse.

Cody scrollò le spalle, ma sembrava turbato. «Vedremo.» Tirò fuori il telefono e gli diede un'occhiata. «Hai ancora nove minuti.»

«Cosa?» esclamò indignata. «Non puoi contare il momento in cui eravamo...»

Incrociò le braccia sul petto. «Non posso?»

Con un'occhiata selvaggia su e giù per la fila di negozi, si diresse rapidamente verso l'Ann Taylor Loft, dove aveva intenzione di prendere un completo da lavoro.

«Accidenti, speravo che andassi lì» borbottò Cody, alzando il mento verso Victoria's Secret.

«Sì, ci scommetto.» Non rallentò il passo. «Probabilmente pensavi che ti avrei fatto uno spettacolino.»

«Ehi, pensi che sia divertente svegliare il lupo. Sarai tu

quella che si pentirà quando sarai stesa a pancia in giù nel mezzo del centro commerciale.»

Questa volta, capì che non lo pensava davvero, la stava solo facendo infuriare. Quell'uomo, il lupo, era così incredibilmente volgare. Avrebbe dovuto odiare il modo volgare in cui le parlava, ma quelle parole le fecero salire fiamme di desiderio che le lambivano il cuore. E mentre tutto quello che diceva era dominante e umiliante, l'idea che lei accendesse in lui un tale desiderio la faceva sentire potente.

Le diede una pacca sul sedere, le sue lunghe gambe gli rendevano facile tenere il passo con il ritmo sostenuto che lei aveva imposto. Si precipitò dentro e scelse due camicette e una gonna. Cody si fece avanti e pagò.

«Pronta?»

Sperava di comprare delle scarpe, perché aveva solo le sue scarpe eleganti e le scarpe da ginnastica che Cody aveva preso al Walmart, ma aveva già speso abbastanza soldi. «Sì. Grazie.» Si alzò in punta di piedi e gli diede un bacio sulla guancia, che, di nuovo, lui sembrò trovare carino.

Capitolo sei

Quella sera Cody fece entrare Mark Ruhl, il corpulento agente della DEA di Denver.

«Mi dispiace di non essere potuto venire prima, ieri sera c'è stata una grossa retata e ci è voluto tutto il giorno per sistemare le scartoffie.» Strinse la mano a Cody ed entrò. «Ciao, devi essere Melissa.» Strinse la mano anche a lei. «Ci siamo conosciuti al matrimonio di Ben e Ashley, ma probabilmente tu non...»

«Mi ricordo di te» cinguettò, sfoggiando quel sorriso da megawatt che gli fece tremare le viscere.

Cody strinse i pugni lungo i fianchi. Meglio che non lo ricordasse con particolare affetto o lui... Chiuse gli occhi e cercò di frenare la bestia ringhiante dentro di sé.

Non è la tua compagna.

Solo che quell'affermazione non fece altro che fargli desiderare di spaccare ancora di più la faccia dell'amichevole agente della DEA. Il suo lupo interiore era infuriato per il bisogno di marchiarla, senza prestare attenzione al fatto che a Cody non piaceva nemmeno quella ragazza e che non si sarebbe mai accoppiato con un essere umano in un milione di anni.

«Posso offrirti una birra?»

«Certo. Va bene se mi siedo?» Mark si diresse verso il divano e Melissa lo seguì, troppo vicina per la sua sanità mentale.

Andò al frigorifero per prendere tre bottiglie di Budweiser.

Forse avrebbe dovuto semplicemente fare sesso con lei e togliersela dal sistema. La chimica c'era, che si piacessero o meno. Il suo corpo rispondeva ogni volta che la toccava, quasi come se non potesse trattenersi. Forse era per questo che aveva pianto la sera prima dopo che lui le aveva dato piacere. Non aveva voluto darglielo.

Quell'idea gli fece digrignare i denti e desiderare di sfondare un muro con un pugno. Non si sarebbe mai imposto a una femmina e l'idea che lei non avesse apprezzato quello che aveva fatto... Ma no. Non c'era dubbio sulla sua soddisfazione. Perché aveva pianto allora?

La sua reazione al profumo delle sue lacrime era stata istantanea, quasi un dolore fisico. Aveva provocato in lui due risposte fisiologiche gemelle, apparentemente opposte. Iper-concentrazione: il corpo era vigile, pronto a mutare per proteggerla da qualsiasi pericolo, ma anche calmo, come per permettergli di calmarla adeguatamente. Cercò di ricordare se avesse mai provato una cosa del genere con una donna prima. Ne aveva mai pianto una vicino a lui? Temeva che anche quella reazione fosse tipica di un compagno.

Stappò le birre e le portò per il collo sul divano.

Melissa storse il naso e rifiutò.

«Mi dispiace, non ho birre artigianali per te, principessa.»

Roteò gli occhi, arrossendo come se si vergognasse di

essere sfidata davanti a Mark. Questo gli fece solo venire voglia di ficcare la testa del lupo nel water.

Mark stava dicendo qualcosa a Melissa, probabilmente qualcosa che avrebbe dovuto ascoltare. «L'ambulatorio dove lavora Jeremy è stato svaligiato qualche sera fa. È stato Jeremy a denunciarlo alla polizia.»

Melissa annuì, come se conoscesse già questa informazione.

«Immagino che l'abbia rapinato lui stesso, o che fosse coinvolto nell'affare ed è per questo che Rabago gli sta dando la caccia.»

Melissa impallidì.

«Ne sai qualcosa?»

Sbatté rapidamente le palpebre, come se stesse trattenendo le lacrime. «No» disse, con voce tremolante. «Penso che tu abbia ragione. Quella sera è tornato a casa e mi ha raccontato della rapina. Mi era sembrato eccitato e l'avevo attribuito all'adrenalina della situazione, ma questo ha più senso.»

Mark annuì. «Con chi pensi che potrebbe lavorare?»

Deglutì, poi scosse la testa. «Non lo so. Potrebbe essere uno qualsiasi dei suoi amici. Sono tutti dei gran cervelli.»

A Cody non importava della sua amarezza nei confronti di Jeremy, ma ciò che lo infastidiva era quanta emozione suscitasse in lei quella stronzata. Perché? Le importava ancora di lui, nonostante tutto?

«E non hai più sentito Jeremy da ieri? Quando l'hai visto l'ultima volta?»

«Quando sono uscita per andare al lavoro la mattina.»

«È andato al lavoro quel giorno?»

«Non lo so.» Si scostò una ciocca di capelli castano rossiccio dal viso. L'apatia tormentata nei suoi occhi gli fece venire voglia di tirare il collo al suo ex fidanzato bastardo.

«E hai provato a contattarlo?»

«Sì, gli ho mandato un messaggio e gli ho detto di non tornare a casa. Non ha mai risposto.»

«Beh, vorrei mettergli le mani addosso prima che lo faccia Rabago. Potremmo offrirgli protezione in cambio di una testimonianza contro il boss. In caso contrario, Ben si è offerto di pagare a Rabago qualsiasi cifra Jeremy gli debba per liberarti e tenerti lontana dalla minaccia. Questa è la mia seconda scelta, però. Preferirei togliere questo stronzo dalla strada.»

La testa di Melissa tremò mentre annuiva. «Non voglio che Ben debba pagare il debito di Jeremy.»

«E allora cosa succede se Rabago trova prima Jeremy?» chiese Cody. Personalmente, preferiva la seconda opzione. Prima Melissa si fosse allontanata dalla linea di fuoco, meglio sarebbe stato. Allora avrebbe potuto chiudere con tutto questo casino. Solo che non gli sembrava giusto neanche quello. Non aveva ancora finito di esplorare questa attrazione fisica che provava per lei.

Sì, aveva solo bisogno di scoparla e togliersela dal sistema. «In quel caso Jeremy sarà probabilmente un uomo morto. Ma vorranno indietro i soldi prima di ucciderlo, quindi tenere Melissa al sicuro fuori dalla rete sarebbe ancora più importante. Se prendono Jeremy, lo tortureranno e sicuramente gli faranno balenare la minaccia di morte di Melissa sulla testa per convincerlo a cantare.»

Melissa era impallidita. «Allora devi trovare Jeremy prima che lo faccia lui.» Si fissò le mani e un istinto prurigi-noso gli disse che forse sapeva dove trovare il ragazzo. «Giusto» concordò Mark.

«Se Ben pagasse Rabago, chi farebbe da intermediario per l'affare?» chiese.

Le labbra di Mark si strinsero fino a diventare una linea

sottile. «Non lo so. Non posso essere io o qualcuno del mio team. Ben mi ucciderebbe se lasciassi che Melissa lo facesse, anche se è la candidata più papabile.»

«Ti ucciderei prima io» borbottò Cody, provocando un sopracciglio alzato in Melissa. «Potrei farlo io.»

Mark si batté la punta delle dita, i gomiti appoggiati sulle ginocchia. «Sei disposto?»

«Sì.»

«Saresti anche la mia prima scelta. Principalmente perché vorrei che fosse un lupo a farlo e so che sapresti cavartela da solo se qualcosa andasse storto. Come ho detto, preferirei non prendere quella strada, però.»

«Hai idea di dove potrebbero essere i soldi rubati?» chiese Cody a Melissa.

Scosse la testa. «Nessuna. Non ci siamo quasi parlati negli ultimi mesi e non siamo mai stati così intimi.» Arricciò il labbro, ma trattenne ogni domanda sul perché vivesse con uno stronzo che non le era mai piaciuto. Le avrebbe riservate per un'altra volta.

«Va bene tenerla qui?» chiese Mark. «In caso contrario, posso portarla a Denver e fornirle protezione.»

Si irritò, anche se il suo cervello gli diceva che era molto meglio togliersela di torno. «Resterà qui» sbottò.

Melissa aggrottò la fronte.

«Posso fornirle una protezione adeguata.»

Mark gli lanciò uno sguardo curioso. «Non stavo mettendo in dubbio la tua capacità di fornire protezione» disse l'agente con tono pacato.

«Giusto.» Sapeva di sembrare scontroso, ma non riuscì a trattenersi. Tutto sembrava farlo incazzare quando si trattava di Melissa.

«Beh, la gente del posto è alla ricerca di Jeremy. Li manderò a casa di Melissa per vedere se possono fermare

Rabago o i suoi per furto con scasso. Questo non significa che sia sicuro tornare a casa, però» avvertì Mark, rivolto a Melissa. Lei si accigliò, ma annuì.

Mark si alzò e lui e Melissa lo imitarono, stringendogli di nuovo la mano e accompagnandolo fuori.

Quando se ne andò, Cody sbuffò e si mise le mani sui fianchi. Tutta questa faccenda era un casino.

* * *

Melissa guardò Cody camminare avanti e indietro nel suo piccolo soggiorno. Un muscolo gli sussultò nella mascella, le sopracciglia erano abbassate. Anche se non era stata lei a chiedere il favore, il rimorso la trafisse per averlo coinvolto.

«Non voglio che tu porti quei soldi a Rabago» disse dal divano.

Lui si voltò di scatto e la fulminò con lo sguardo. «Perché no?»

«Non dovresti rischiare la vita in quel modo. Questo non è un tuo pasticcio e hai già fatto abbastanza per aiutarmi. Dovrei farlo io.»

«Neanche per sogno» ringhiò.

«Mi dispiace che Ben ti abbia trascinato in questo caos. Non mi conosci nemmeno e non è il tuo stupido dramma. So che è più di quanto ti aspettassi.»

Sollevò un sopracciglio. «Davvero? Ho fatto a Stone la promessa da alfa di proteggerti. Ciò significa che darei la mia vita per la tua. Quindi sì. Ci sono dentro.» Lui continuò a camminare avanti e indietro, le mani sui fianchi, le narici dilatate dalla rabbia.

Lei si alzò e gli bloccò la strada. «Allora perché sei così incazzato?»

Imprecò e si passò le dita tra i capelli, mandandoli in

diverse direzioni. Alzando un dito, disse: «Uno, non riesco a capire perché eri con questo idiota, in primo luogo.»

Lei indietreggiò, l'amarezza le riempì la bocca. «Sì, beh, nemmeno io, okay?» La sua voce si era alzata di tono. «Ho gusti terribili in fatto di uomini, un problema che presto ho intenzione di risolvere.» Gli lanciò un'occhiata cupa, ma sussultò quando lui sembrò leggerle nel pensiero: era uno degli uomini che aveva intenzione di evitare.

Le si avvicinò, punta contro punta, guardandola dall'alto in basso. «Cosa dovrebbe significare?»

Lei arrossì ma non si tirò indietro. «Significa solo che ho chiuso con i perdenti. Troverò qualcuno di onorevole. E stabile. E normale.»

E noioso.

Il muscolo della mascella di Cody sussultò di nuovo.

Incrociò le braccia sul petto con aria di sfida. «Hai contato *uno*. C'è altro?» Non sapeva perché lo stesse provocando, perché avesse bisogno di combattere, ma doveva farlo.

«Sì, c'è altro.» Smise di camminare avanti e indietro e sollevò una mano per gesticolare, ma poi sembrò fermarsi. «Non importa» ringhiò.

«Che diavolo vuol dire?» Era totalmente pronta a trascinare tutto sul tavolo. «Se non mi vuoi qui, non avresti dovuto dire a Mark che sarei dovuta stare con te. E a proposito, uno di voi avrebbe dovuto chiedermi cosa preferivo, non credi?»

«Cosa preferisci, principessa?» Le parole gli uscirono gelide questa volta, invece che roventi, e lei registrò il cambiamento con un po' di shock. Da dove veniva tutto questo veleno? Indicò la porta. «Preferisci che Mark sia il tuo protettore? È così? Va bene che Ben lo trascini dentro, ma io no? Immagino che abbia più l'aspetto del cavaliere in armatura splendente con quell'abito e quel distintivo, non è vero?»

Lei sussultò come se l'avesse colpita, e finalmente capì. Aveva offeso il suo orgoglio. Rammollirsi e giurargli che aveva frainteso non avrebbe spento quell'incendio. Si avvicinò a lui e gli puntò un dito sul petto.

«Cazzo, no.»

Lui la guardò torvo, in attesa.

Era difficile dire altro. Erano sempre in disaccordo tra loro. Non le piaceva l'idea di cedere un centimetro. Ma non le piaceva nemmeno che fosse incazzato. «Sei l'unico cavaliere in armatura splendente che vedo qui.»

Sembrava cauto, come se pensasse che lei gli stava soffiando fumo nel culo.

«Mark sta solo facendo il suo lavoro. Sei tu che mi hai offerto la protezione del branco. Se non fossi sempre stato un bastardo così presuntuoso e arrogante, avrei potuto mostrarti un po' più di gratitudine.»

Contrasse gli angoli della bocca.

Il cuore le sobbalzò nel petto mentre guardava il suo sguardo trasformarsi da bollente ad ardente, con un diverso tipo di calore. «Non ho bisogno dei tuoi ringraziamenti» borbottò e le prese la nuca, tirandola verso di sé per reclamare la sua bocca, proprio come aveva fatto nel mezzo del centro commerciale. Chiuse gli occhi e si sciolse nel bacio, che non fu meno violento o consumante dell'ultimo.

Una delle mani scivolò lungo la sua schiena e le afferrò il culo, stringendole e tirandole i fianchi contro di sé. Le infilò una gamba tra le cosce e lei abbassò i fianchi per strofinarci contro il clitoride.

Gemette.

«Ecco, tesoro, continua a gemere in modo sexy.» Le

morse l'orecchio, i denti le sfiorarono la mascella prima di tornare a scoparle la bocca con la lingua.

Lei fece roteare il bacino su e giù sulla sua coscia, la stimolazione contro il clitoride la faceva impazzire.

Lui abbassò e piegò l'avambraccio sotto il suo culo, sollevandola facilmente per mettersela a cavalcioni sulla vita. Lei gli avvolse le braccia intorno al collo, le labbra che continuavano a torcersi sulle sue in una danza disperata.

Sapeva che era una cattiva idea. Non voleva iniziare una relazione con un altro cattivo ragazzo come Cody. Ma dal momento in cui lui l'aveva afferrata per la prima volta nell'armadio della sua camera da letto, aveva combattuto l'attrazione. Forse se avesse lasciato che le cose andassero avanti, la tensione tra loro si sarebbe allentata. Non significava che dovesse avere una relazione con lui.

Cody la sollevò più in alto e le morse il seno. Lei strillò. «Togliti la maglietta, Melissa.»

Non una richiesta. Un ordine.

Riusciva a gestire quel tizio? Non era del tutto umano. Forse la parte del lupo sarebbe stata troppo.

«*Adesso*» sbottò. «O te la strappo.»

Lei si strappò via la maglietta e la gettò a terra. Cody la spinse contro il muro e la immobilizzò. Le abbassò il reggiseno.

«Ahia» protestò quando la spallina le si conficcò nella spalla. «Che cazzo, Cody?»

Cody si bloccò, ansimando, i suoi occhi scintillarono di un azzurro ghiaccio. Dopo un momento, il colore sbiadì fino a diventare ardesia. Allentò la presa e lei scivolò lungo il muro fino ai suoi piedi.

Il rimpianto gli inondò i lineamenti. Le prese il viso a coppa e le accarezzò la guancia con il pollice. «Cazzo, Melissa. Mi dispiace. Ti farai male con me.» La terribile previsione riecheggiava la conclusione che aveva già tratto, ma questo non la rendeva più facile da ascoltare.

Il clitoride pulsava a ritmo con il suo cuore che batteva forte. Il reggiseno le pendeva a metà, una spallina ancora attaccata alla spalla. Non avrebbe voluto che lui si fermasse.

Lui le accarezzò la nuca su e giù, seguendola fino alla curva della spalla. «Tesoro... non posso...» Sbatté le palpebre. «Non dovrei...» Scosse la testa. «Gli umani sono troppo fragili per i lupi. Credimi, non c'è niente che io voglia fare di più che separare quelle cosce sexy e fotterti via quell'atteggiamento, ma...» Si avvicinò e inspirò contro il suo collo. «Il tuo odore mi fa impazzire e potrei perdere il controllo e morderti e nessuno di noi due lo vuole.»

Si sforzò di deglutire nonostante il nodo che aveva in gola. «Giusto» sussurrò con voce roca, anche se non era del tutto sicura di cosa stesse dicendo. Ovviamente, accoppiarsi con lei sarebbe stato un grosso errore.

Okay, Tutto bene. Era d'accordo.

Gli diede una spinta sul petto e lui fece un passo indietro. «È tardi. Vado a letto» borbottò.

Lui non rispose, il che probabilmente fu una buona cosa. Non avevano davvero molto altro da dirsi, vero?

Capitolo sette

Cody dormì in forma di lupo. Sembrava l'idea più sicura, meno tentazione di andare in camera da letto e finire ciò che aveva iniziato con la bella rossa che dormiva lì. Si svegliò all'alba e si infilò nella camera da letto.

Melissa si sedette, bellissima con le sue lunghe e folte onde arruffate dal sonno, le guance arrossate. Il suo lupo quasi guaì vedendola. Spalancò gli occhi azzurri alla vista, ma scese dal letto e gli si avvicinò. Indossava una delle sue magliette e le lunghe, nude e ben tornite gambe lo avrebbero fatto gemere se fosse stato in forma umana.

Trotterellò verso il bagno con l'intenzione di tornare lì dentro, dove lei non avrebbe visto la gigantesca posizione del cazzo che aveva ogni volta che si spostava intorno a lei, ma lei lo fermò.

«Cody?» Aveva la voce gutturale per il sonno.

Si fermò e si voltò.

Con sua sorpresa, lei gli seppellì le dita nella pelliccia. «Posso accarezzarti? Va bene? Volevo solo sentire...»

Ci volle tutta la sua forza di volontà per non voltarsi

indietro e dirle di toccare la parte del suo corpo che si era tesa per lei fin dal momento in cui l'aveva vista per la prima volta.

Lei gli passò le mani sul corpo, accarezzandolo, coccolandolo.

Gli venne in mente che non era stato accarezzato in quel modo da anni. Forse mai. No, sua madre gli aveva accarezzato la pelliccia quando era un cucciolo. Ma era morta quando aveva otto anni, e la sua matrigna e suo padre non erano mai stati molto affettuosi. E anche se aveva fatto sesso, non aveva mai avuto una ragazza. Nessuno che lo toccasse solo per sentirlo. Senza nessun altro intento se non quello di accarezzarlo.

Un brivido gli percorse tutto il corpo. Cos'era? Piacere? Non piacere sessuale, ma qualcos'altro.

Gli accarezzò le orecchie, seppellì il viso nella pelliccia del suo collo.

Lui si girò e le leccò la spalla.

Lei ridacchiò, stringendosi più forte.

Scosse la testa e trotterellò via verso il bagno, mutando appena prima di arrivarci. Melissa si fermò di colpo alla vista della sua figura nuda, con la bocca spalancata. Quando gli occhi le scivolarono sul cazzo sporgente, lui scrollò le spalle. «Succede quando muto.» Chiuse la porta e aprì l'acqua, ignorando l'erezione furiosa. Doveva andare in due cantieri per controllare i progressi, poi incontrare il suo agente. E non gli piaceva l'idea di lasciare Melissa sola per troppo tempo.

Quando uscì dalla doccia, la trovò in soggiorno, intenta a fare una specie di routine di yoga sul pavimento.

Trattenne un gemito, il cazzo si indurì di nuovo all'istante alla vista del suo culo coperto dalle mutandine che spuntava alto nell'aria.

«Davvero, principessa, stai cercando di torturarmi?»

«Non so di cosa stai parlando» disse, un po' troppo innocentemente. «Sto solo praticando la posizione del cane a testa in giù.»

Se fosse stata la sua compagna, l'avrebbe tenuta in quella posizione mentre la scopava fino all'oblio per averlo provocato in quel modo. La fantasia momentanea di tutti i giochi sessuali che avrebbero fatto se fossero stati accoppiati gli incollò i piedi al pavimento, mentre aveva gli occhi ancora fissi sul suo culo così attraente.

E poi perse la presa sul tenue controllo che aveva. Prima di rendersi conto di cosa stava facendo, i piedi si mossero verso di lei, le mani le sfilarono quelle mutandine fino alle caviglie. Lei strillò, ridendo, e cercò di divincolarsi, ma lui le passò un avambraccio sotto la vita per tenerla in quella posizione e le diede uno schiaffo sul sedere.

Sussultò. Il nettare le illuminò l'ingresso, il profumo della sua eccitazione lo mandò in orbita.

Sollevò la sua prigioniera in aria e la portò sul divano, dove si sedette con lei in grembo, la schiena contro il suo petto. «Metti le mani sul pavimento.»

«Cosa?»

Non aspettò che lei obbedisse, ma la manovrò lui stesso, spingendole il busto in avanti finché le sue mani non raggiunsero il pavimento e le gambe non lo cavalcarono, come una carriola. «Ti mostrerò la mia posizione yoga preferita.»

Con il sedere presentato a lui in quel modo, la figa era spalancata e luccicante.

«Questo non è yoga» protestò, ma lui ignorò i suoi sforzi, dando a ogni natica un altro schiaffo leggero. Lei si immobilizzò. Si riempì entrambe le mani con il sedere, disegnando piccoli cerchi con i pollici all'incrocio dell'interno delle cosce. «Se fai la brava, ti farò venire. Ti piacerebbe, tesoro?» Le sfiorò le labbra con il pollice e lei emise un miagolio indistinto. «Cos'è?»

Non rispose.

«O avevi bisogno di altre sculacciate?» Le schiaffeggiò di nuovo ogni natica con decisione.

«No-o-o» gemette. «Sarò buona.»

Portò il pollice alla sua entrata rugiadosa e lo fece scivolare lentamente su e giù, ricoprendole la vulva con il suo lubrificante naturale. «Vuoi che ti faccia sentire bene, tesoro?»

«Sì» sussurrò. «Cody...»

Gli piaceva davvero il suono del suo nome sulle sue labbra. «Ecco la mia brava ragazza.» Le strofinò rapidamente il polpastrello del pollice sul clitoride, poi rallentò per qualche colpo deciso verso il basso.

«Ahh-ah» esclamò.

Le diede un leggero schiaffo sul sedere. «Calmati, bellezza. Non puoi venire finché non te lo dico io, capito?» Aveva la sensazione che sarebbe esplosa come un petardo con solo un paio di colpi, e aveva intenzione di prendersi il suo tempo. Se non voleva scopare la piccola umana sexy, poteva almeno assaporare il piacere di portarla all'orgasmo. Si gettò un cuscino ai piedi. «Mettiti comoda.»

Lei lo afferrò e lo appoggiò ai suoi piedi, poi appoggiò la guancia sul cuscino, le braccia avvolte intorno alle sue gambe.

Le diede altre pacche sul sedere, amando il modo in cui il sedere si muoveva e si inarcava, il modo in cui l'interno delle cosce le tremava e la figa piangeva per il suo tocco. «Cosa succede alle ragazze che provocano?» Affondò un pollice dentro di lei mentre il resto della sua mano le copriva il monte di Venere e le massaggiava il clitoride.

«Ahh!» Le diede uno schiaffo sul sedere con l'altra mano. «Cosa succede?»

«Questo?» La sua voce tremò.

Lui trattenne una risata e le diede un altro schiaffo nello stesso identico punto, continuando a pompare il pollice dentro e fuori di lei. «Cos'è questa?»

«Una punizione» ansimò lei, eccitandosi.

Lui tolse il pollice e tornò a concentrarsi sul clitoride, che le fece stringere le gambe avvolte attorno alla sua vita in un'eccitazione pulsante.

Si fermò e le diede di nuovo uno schiaffo sul sedere. Le fece scorrere il pollice nei succhi e lo portò fino all'ano, circondando il piccolo bocciolo di rosa.

Lei si arrampicò, come se volesse strisciare via dal suo grembo. Le afferrò i fianchi e la tirò indietro. «Dove pensi di andare?» Premette insistentemente il pollice sul suo ingresso posteriore, aspettando che l'anello stretto di muscoli si rilassasse. Il pollice le violò il buco e lui vi lasciò cadere un po' di saliva per aiutare a lubrificarlo, facilitando l'entrata e l'uscita. Aggiunse l'altro pollice alla sua figa e li lavorò alternativamente, premendo prima un pollice dentro, poi l'altro.

«Oh, mio Dio», gemette. «Cody...»

«Ti piace la tua punizione, tesoro?»

«Sì» sussurrò. «Per favore...»

«Vuoi venire?»

«Sì, per favore. Farò la brava.»

Una risata gli uscì dalla bocca, ma aumentò la velocità e spinse dentro entrambi i pollici contemporaneamente, mentre le dita della mano premevano con fermezza contro il clitoride.

Strillò. «Cody! Oh Gesù, oh mio Dio!»

«Vieni per me, tesoro.»

Il suo grido echeggiò per tutta la casa, mentre serrava i muscoli sui suoi pollici. Il piacere incondizionato sul viso creò un'immagine che lui scolpì per sempre nella mente come la cosa più bella che avesse mai visto.

Quando crollò sul suo grembo e sulle sue gambe, completamente esausta, lui si chinò per tirarla su di nuovo, poi la sollevò tra le sue braccia e la portò in bagno. La fece stare in piedi, ma tenne un braccio stretto intorno alla sua vita nel caso in cui le gambe le tremassero. La passione le aveva arrossato le guance e gli occhi vitrei avevano le palpebre pesanti.

Aprì l'acqua e aspettò che si riscaldasse. Quando le tolse la maglietta di dosso, quasi pianse di desiderio. I seni grandi come mele si sollevarono, i capezzoli color pesca eternamente gioiosi. Con un'ondata di lussuria, le afferrò entrambi i polsi e glieli sbatté sulla testa per sollevare ancora di più i capezzoli impudenti. I seni si sollevarono per la sua bocca, che lui portò prima all'uno, poi all'altro.

Il lupo dentro di lui si sollevò e la sua vista si incurvò. Questa volta, sentì il cambiamento nella sua bocca, i denti che si allungavano, il siero di accoppiamento che gocciolava.

No.

Usò ogni briciolo di controllo che aveva ancora per tirarsi indietro e aprì la tenda della doccia. «Entra.» La voce gutturale sembrava quella di qualcun altro.

Lei entrò, ma gli afferrò la maglietta, tirandolo verso la doccia. «Cody... mi dispiace di essermi spaventata ieri sera. Non mi hai fatto male. Proviamo di nuovo.»

Il lupo si infuriò risalendo in superficie.

Prendila. Rivendicala. Falla tua.

La vista acuita la fece sembrare ancora più vicina. Barcollò all'indietro. «Non possiamo» disse bruscamente e uscì dal bagno, e poi dalla casa, prima che il lupo potesse cambiare idea.

* * *

L'orgasmo non aveva diminuito l'interesse per Cody, per niente. Il modo in cui l'aveva presa era stato volgare e crudo, completamente umiliante, eppure l'orgasmo che le aveva strappato era stato fuori dal mondo. Ecco perché era rimasta sconvolta quando, ancora una volta, l'aveva lasciata senza dire una parola. Questa volta, però, aveva capito.

Cody la voleva. Voleva marchiarla, persino, come Ben aveva marchiato Ashley, solo che a quanto pareva pensava che sarebbe stata una pessima idea. Le lacrime le bruciarono gli occhi.

Passò la maggior parte della giornata a recuperare il lavoro. Pubblicò le foto di un nuovo annuncio e mise insieme il tour virtuale. Chiamò diversi clienti per dar loro degli aggiornamenti e mise insieme le informazioni di una casa per cui uno dei suoi clienti stava pensando di fare un'offerta.

Solo dopo aver fatto tutto il necessario, chiamò Ashley per un momento cuore a cuore.

«Quindi non farà sesso con me perché vuole marchiarmi» disse con voce spenta.

«Cosa? Oh, mio Dio! Davvero? Lui pensa che tu sia la sua compagna?»

«No! Questo è il problema. Di sicuro non mi vuole come sua compagna. Quindi è un no. Il che va bene, in realtà, perché è un po' troppo il mio tipo, se capisci cosa intendo.»

Ashley fece una pausa. «No, in realtà no. Cosa stai cercando di dire?»

«Hai visto quel tizio? Sembra un sicario della mafia o un killer o qualcosa del genere. È ricoperto di tatuaggi e lavora come operaio.»

Ashley rimase in silenzio. «Hai appena detto che lavora come operaio?»

«Non voglio sembrare snob. Non ho niente contro il lavoro manuale, ovviamente. Lavoro ancora in un bar per arrivare a fine mese e ogni ragazzo con cui sono uscita ha avuto un lavoro umile. È solo che... avevo deciso che era ora di fare un salto di qualità. Questa volta voglio uscire con un ragazzo normale e professionale. Non con un capo di una gang di lupi, oscuro, pericoloso e motociclista.»

Ashley sbuffò ridendo. «Non lo so, mi sembra davvero eccitante. Ma non so se lo chiamerei manovale. Voglio dire, pensavo che Ben avesse detto che ristruttura case, no?»

«Sì, lavora per la CJ Steele Construction, la società che ristruttura le case nel quartiere Old North End, hai presente quelle che ho sempre desiderato? Ma sai cosa intendo. Non è un medico o un avvocato.»

«Non ha nemmeno senso. Quando mai hai desiderato un medico o un avvocato?»

«È questo è il punto!» si lamentò. Di solito Ashley la capiva meglio di così. «Non è quello che voglio, ma è quello che dovrei volere. Ho chiuso con i cattivi ragazzi e Cody è decisamente un cattivo ragazzo.»

«Humph,» Ashley tirò su col naso. «Beh, non ti credo, ma sembra che tu abbia bisogno di un po' di tempo e spazio per capire cosa vuoi dopo, e stai appena uscendo da una relazione, quindi non avere fretta. Se Cody non vuole fare sesso con te, probabilmente è una buona cosa. Sai che sei fin troppo leale con le persone con cui hai stretto un legame.»

«Stai zitta.»

«Non ti sto criticando. È ciò che ti rende un'amica

fantastica e una sorella perfetta. È ciò che ti renderà la migliore ragazza per il ragazzo che non si approfitterà di te.»

«Se quel ragazzo esiste» disse lei con amarezza.

«Esiste» mormorò Ashley e Melissa sentì la profondità del suo amore per Ben. Un senso di colpa per aver chiamato durante la luna di miele le fece dimenticare i suoi drammi.

«Ehi, torna dal tuo sposo. Il tuo lupo alfa. Ti morde ancora?»

Ashley rise. «No, dopo avermi marchiata ha ritrovato più controllo.»

«Buono a sapersi. Non che io verrò marchiata o qualcosa del genere. Divertiti. Fagli un pompino da urlo oggi, okay?»

Ashley rise. «Ti ringrazierà per il suggerimento. Ci sentiamo presto. Ti voglio bene.»

«Anch'io» disse dolcemente e riattaccò.

* * *

Quel pomeriggio Cody tornò a casa e trovò Melissa seduta sul divano con il Chromebook appoggiato sulle gambe, con un'aria adorabilmente concentrata. Aveva svolto di corsa i suoi compiti per la giornata, non volendo lasciarla sola troppo a lungo.

O forse era il fatto che il suo profumo indugiava ancora sui suoi vestiti, la visione di lei, gloriosa e nuda, che cercava di trascinarlo nella doccia quella mattina continuava a ripresentarsi nella mente fino a non riuscire quasi a farlo pensare.

Non alzò subito lo sguardo, ma le guance le si arrossarono e lui capì che stava ricordando cosa le aveva fatto quella mattina. Sorrise.

«Ehi, tesoro. Nessun vestito speciale per accogliermi oggi?»

Lei strinse le labbra in quello che doveva essere il suo tentativo di essere pudica, ma in realtà la fece sembrare ancora più sexy. «Mi ha messo nei guai, se non ricordo male.»

Lui le si avvicinò con passo lento, il cazzo già irrigidito al ricordo. «E mi sembra di ricordare che ti sei goduta la punizione. Un bel po'.» Contrasse le labbra, ma lei continuò a fingere di ignorarlo, cliccando sul computer.

Il telefono usa e getta che le aveva comprato squillò.

«Ho inoltrato le chiamate dal mio vecchio telefono a questo numero» spiegò mentre lo sollevava. «Sono Melissa.» Impallidì. «Non so dove sia» gracchiò al telefono.

Lui le corse accanto e mise l'orecchio accanto al suo.

«Digli che Junior Rabago lo sta cercando e che voglio indietro i miei soldi. Ha tempo fino a venerdì per procurarseli.»

«Quanti soldi ti deve?»

«Quattordicimila dollari, più gli interessi. Li voglio tutti o tu e il tuo ragazzo morirete entrambi. Non pensare che non riesca a trovarti.» Riattaccò.

Melissa trasse un lungo respiro tremante. «Beh... almeno ora so come contattarlo, se usiamo i soldi di Ben per saldare il debito.»

«Lo salderemo. Prima lo facciamo, meglio è. Dobbiamo toglierti questo tizio di dosso e farlo uscire dalla tua vita.»

«Pensi che lo toglierà anche dalle calcagna di Jeremy?»

Lui la guardò torvo, odiando che lei avesse menzionato quello stronzo. «Solo se fa parte della consegna» opinò.

Le tremava la mano mentre guardava il telefono che teneva. «Ho parlato con Ashley oggi e Ben ha detto che potrebbe far trasferire i soldi direttamente sul tuo conto, se gli dai il numero di avviamento e di conto.»

«Glielo mando subito.» Si allontanò da lei, non riuscendo più a starle così vicino senza spingerla sulla schiena e fare quello che voleva con lei.

Riportò la sua attenzione sul Chromebook e aggrottò la fronte. «Oh, no!» esclamò, dandosi una pacca sulla fronte. Gettò il Chromebook sul divano e balzò in piedi. «Oh merda, oh merda, merda merda merda!» Fece rapidamente un giro intorno al suo soggiorno, agitando i pugni in varie direzioni.

«Cosa? Che cosa c'è?»

Si voltò di scatto verso di lui. «Ho dimenticato il compleanno della mia piccola.»

La fissò. Di cosa diavolo stava parlando? «La tua *cosa*?»

«La mia piccola. Sono nel programma Big Brothers, Big Sisters. Avrei dovuto avere un appuntamento con la mia piccola per festeggiare il suo compleanno ieri sera. Con tutto quello che sta succedendo, me ne sono completamente dimenticata. Probabilmente ha provato a chiamare il mio telefono, ma ovviamente non ce l'ho, probabilmente è morto ormai. Mi sento una tale idiota.»

La fissò, sorpreso da quanto sembrasse interessarle. Aveva appena ricevuto una telefonata da un tizio che l'aveva minacciata di ucciderla senza dare di matto, e ora era arrabbiata? Per un appuntamento saltato con un caso di beneficenza? La donna che aveva etichettato come superficiale, se non egoista, era in realtà così fuori di testa a causa di una ragazzina svantaggiata? Il solo fatto che partecipasse al programma lo aveva scioccato da morire.

«Allora dille che ti farai perdonare.»

Con suo allarme, i grandi occhi azzurri le si riempirono di lacrime. «Non capisci. Questa è una ragazzina totalmente svantaggiata. Sua madre è una prostituta spogliarellista drogata che riesce a malapena a mantenere un tetto sopra la testa. Probabilmente non ha mai avuto un compleanno decente in vita sua. Le avevo comprato un bel regalo e io...» Si fermò, il mento le tremava.

«Tesoro.» Il bisogno di confortarla gli fece venire voglia di urlare. Non era bravo a calmare le donne, gli mancava molto l'esperienza, ma di sicuro doveva provarci. Stringendola contro il suo fianco, le strofinò la parte bassa della schiena con movimenti circolari. «Bellezza, non piangere. Andiamo subito lì e le spieghiamo. Be', non possiamo spiegare che la gente ti vuole morta, ma le diremo che hai avuto un'emergenza.»

«Ma il suo regalo» gemette. «È a casa mia.»

«Le compreremo un regalo per strada e potrai dirle che hai qualcos'altro per lei più tardi. Avrà due feste di compleanno. Quale bambino non lo apprezzerebbe?»

Melissa tirò su col naso. «Non ti dispiace portarmi lì adesso?»

Le prese il mento e le sollevò il viso rigato di lacrime. La vista dell'acqua che le scendeva ancora sulle guance era inaccettabile. Avrebbe voluto schiacciare qualsiasi cosa l'avesse mai fatta piangere. Lo innervosiva il potere che le sue lacrime avevano su di lui. «Purché tu smetta di piangere» borbottò. Emise un singhiozzo e una risata e lo spinse via, asciugandosi le lacrime con il dorso della mano.

Andarono al Dairy Queen e presero una torta gelato Oreo, decorata con il nome della sua piccola, Margot, perché Melissa disse che probabilmente non aveva ottenuto molto con quel nome. Con la torta in grembo e una carta regalo Target infilata nella borsa, Melissa sedeva rigida accanto a lui, spalle dritte e squadrate.

«Da quanto tempo sei la sua sorella maggiore?» voleva

sapere di più su questo lato di Melissa. Questo lato inaspettato e generoso.

«Non da molto.» Si passò i denti sul labbro inferiore. «Sei mesi. È un progetto della Brown Realty. All'inizio non volevo farlo.»

«Perché no?» Si aspettava che dicesse quanto fosse una seccatura o che elencasse i problemi con il programma, ma lei continuò a fissare fuori dal finestrino, tormentandosi ancora il labbro tra i denti.

«Mi affeziono troppo» disse alla fine, con un sospiro. «Non ho relazioni occasionali. Ci finisco dentro fino in fondo e non so mai quando smettere.» In qualche modo pensò che stesse parlando anche del suo ex fidanzato.

Tirò un altro sospiro. «Non posso credere di essermi persa il suo compleanno. Sono un disastro totale.»

Alzò le sopracciglia. Quella era la sua battuta. Melissa si vedeva davvero in quel modo? Se così fosse, si era guardata allo specchio sbagliato. «Perché saresti un disastro?»

«Lo sono sempre stata» disse dolcemente.

Odiava la noia nella sua voce, nel suo sguardo vuoto fisso fuori dal finestrino. «Continuo a cercare di migliorarmi, ma non riesco mai a farcela.»

«Pensavo di aver detto basta piangere» disse, sperando di alleggerire l'atmosfera. Non funzionò. Lei non sembrò nemmeno sentirlo.

«Ehi... sono sicuro che sei una sorella maggiore fantastica. Margot sarà felicissima.»

«Ashley non se ne sarebbe dimenticata.»

Ashley. Era la sua gemella?

«Melissa, sei troppo dura con te stessa.»

«Ashley è sempre stata la gemella brava. Quella con voti perfetti e punteggi alti nei test. Quella che faceva tutto bene.»

Arricciò il labbro. Sapeva qualcosa sul non essere all'altezza dei fratelli. Un bel po', in effetti. «Quindi questo cosa ti renderebbe?»

Scoppiò in una risata amara. «Io ero quella che marinava le lezioni al liceo. Provavo droga nel parcheggio sotterraneo con gente malfamata. Uscivo con gli stronzi come Jeremy.»

Ah. Odiava che il suo ex stronzo le occupasse così tanto spazio mentale, ma almeno sapeva che era stato un errore.

Si fermò all'indirizzo di un condominio popolare che gli aveva dato e spense il furgone, voltandosi per guardarla. «I paragoni ti fottono sempre, mia cara» disse, cercando di rendere la sua voce leggera. «In confronto a me, probabilmente eri una bambina d'oro.»

La guardò tornare da lui, sbattendo le palpebre e perdendo lo sguardo lontano. I suoi occhi gli scrutarono il viso con curiosità e fu il suo turno di essere amareggiato. «Anch'io ho dei fratelli perfetti. Odio quei figli di puttana.»

Rise, facendogli svolazzare un senso di sollievo nella pancia. «Sì, credo che tu abbia ragione.» Spalancò la portiera e prese la torta dalle sue ginocchia prima di uscire. Lo sguardo incuriosito che gli lanciò da sotto le ciglia sembrò timido, come se non si aspettasse che lui potesse essere un gentiluomo. Be', perché diavolo avrebbe dovuto? Si era praticamente sforzato di scandalizzarla con i suoi modi più infimi.

Salirono le scale (a quanto pareva non c'era l'ascensore) fino al terzo piano. Le pareti macchiate del corridoio e le piastrelle di laminato sporche dichiaravano a gran voce la cura che il padrone di casa aveva di quel posto. Sì, neanche lui teneva la sua casa pulita e in ordine, ma era perché era sua e non gli importava. Le case che affittava o vendeva ad altri riflettevano l'orgoglio che provava nel restaurarle, portandole a un livello più alto di quanto la gente si aspettasse. Era questo che lo aveva reso un uomo di successo.

Melissa bussò a una delle porte spostandosi da un piede all'altro. Le posò una mano sulla spalla per rassicurarla. Vedere questo suo lato vulnerabile fece emergere furiosi istinti protettivi. Voleva riparare ogni suo pezzo rotto, levigare ogni superficie della sua vita, per impedirle di ricevere un'altra scheggia.

E quell'impulso lo terrorizzava da morire. La sua folle lussuria per lei almeno la capiva. Era una bomba sexy, umana o no. Ma quest'altro istinto, quello che non sembrava capire che non avevano una relazione, che non erano legati in alcun modo, che non si piacevano nemmeno molto, urlava *compagna*. Lo urlava ancora più forte dell'impulso di marchiarla.

La porta si aprì e una ragazzina magra e scontrosa con i capelli con le punte blu che le cadevano sugli occhi sbirciò fuori. Guardò torva Melissa, anche se lui pensò di aver visto un barlume di interesse per la torta.

«Margot, mi dispiace tanto di essermi persa il nostro appuntamento. Mi hanno svaligiato casa e ho dovuto traslocare e... le cose sono andate a rotoli.»

La ragazza lo fissò da sopra la spalla di Melissa. «Lui chi è?»

Melissa si morse il labbro. «Lui è Cody. Lui è, uh...» Gli lanciò un'occhiata incerta.

«Sono la sua guardia del corpo» riassunse. «Finché non scopriamo chi è entrato in casa sua e perché.» Sii fedele alla verità quando hai a che fare con gli umani. Era così che aveva sempre giocato.

L'adolescente annuì, assorbendo la sua posizione come se la maggior parte delle persone nella sua vita andasse in giro con delle guardie del corpo muscolose e tatuate.

Abbassò lo sguardo sulla torta, poi sopra la sua spalla, dove una televisione rimbombava. Un paio di piedi pendevano dal bordo di un divano tartan rattan. «Non puoi entrare adesso.»

«Va bene. Volevo solo portarti questa.» Melissa porse la torta alla sua "sorellina", poi prese la carta regalo che avevano preso al supermercato durante il tragitto.

L'adolescente spostò la torta su un braccio e allungò la mano verso la carta regalo, sfoderando finalmente il suo primo sorriso. «Grazie.»

«Spero di poterci incontrare la prossima settimana.» Gli lanciò un'altra occhiata. «Ma te lo farò sapere in ogni caso. Ho un nuovo numero, te lo mando per messaggio.»

Margot socchiuse gli occhi. «Va tutto bene?»

«Sì, sistemerò tutto. Mi dispiace molto per ieri.» Melissa diede alla ragazza un abbraccio imbarazzato.

Margot si irrigidì sotto l'abbraccio e abbassò la testa, così Melissa si allontanò rapidamente. Dopo un saluto imbarazzato, la porta si chiuse e lui guardò Melissa, cercando di capire come pensava fosse andata.

Inclinò la testa per incontrare il suo sguardo. «Grazie.»

Una sensazione di calore gli attraversò il petto. Era solo una parola, ma rabbrividì nello spazio tra loro, nuda ed esposta. Quel giorno lei gli aveva mostrato la sua vera sé, quella che si celava sotto l'aspetto altezzoso, e lui non prese quell'onore alla leggera.

Le mise un braccio intorno alla vita e iniziò a tirarla verso di sé, quando un profumo catturò la sua attenzione. Volteggiando, il suo sguardo si posò sulla cucciola del centro commerciale.

* * *

Cody era stato sul punto di baciarla, ma si era fermato e si era voltato. La ragazzina che avevano visto al centro commerciale era in piedi dietro di lui, paralizzata, con gli occhi verdi spalancati.

«Ehi.» La voce di Cody era gentile, niente a che vedere con i suoi soliti toni bruschi. «Dov'è tua madre?»

La ragazzina si succhiò il labbro inferiore in bocca e non rispose.

«Le dici che sono qui?»

Con gli occhi ancora incollati a Cody, annuì e si allontanò da loro, correndo fino in fondo al corridoio, dove spinse l'ultima porta e scomparve dentro.

Cody si scambiò un'occhiata con lei e si avviò lungo il corridoio, seguendola. Melissa si affrettò a raggiungerla, ma poi si fermò, chiedendosi se si stesse intromettendo.

«Dovrei...? Forse posso aspettare giù nel furgone?»

Cody si fermò e aggrottò la fronte. «Non è sicuro.» Le tese il braccio e quando lei arrivò al suo fianco, la strinse a sé. Sembrava così naturale che quasi si dimenticò di quanto fosse strano che la tensione tra loro si fosse allentata. Sapeva di averlo fatto impazzire quando l'aveva persa a casa sua, ma dimenticare il compleanno di Margot era stato imperdonabile. Aveva lavorato per mesi solo per far partire un rapporto con la ragazza, e perdere tutto perché era stata così egocentrica l'aveva semplicemente uccisa.

Ma Cody era stato fantastico. Non si aspettava davvero che la confortasse o che prendesse sul serio il suo dilemma. Di sicuro non si aspettava che l'aiutasse a sistemare le cose. Forse l'aveva giudicato male.

Rimasero fuori dalla porta dell'appartamento, ma Cody non bussò. Invece appoggiò una spalla al muro, tenendola accoccolata contro l'altro suo fianco.

La porta si aprì quanto la catena lo consentiva e il volto

pallido e scarno della mutaforma sbirciò fuori. Il suo sguardo si spostò da Cody a lei e di nuovo a Cody. Dilatò le narici e Melissa capì che probabilmente la stava fiutando. «Vivi qui da molto?» chiese Cody quando lei non parlò.

Scosse rapidamente la testa, facendo cadere i capelli biondi sugli occhi. «Solo poche settimane. Siamo nuovi in città.»

Cody aspettò di nuovo, ma non si dilungò. Quando parlò di nuovo, adottò un tono che non gli aveva mai sentito prima. Era lento, paziente. Come se sapesse che quella femmina si sarebbe spaventata se avesse mostrato troppa aggressività. «Sono Cody. Questa è la mia amica Melissa. Non siamo qui per farti del male.»

La donna li studiò entrambi ancora per un momento, poi, con un'aria come se fosse contro il suo buon senso, fece scorrere la serratura della porta e la spalancò. «Volete entrare?» Sembrava rassegnata, stanca.

Melissa nascose il suo stupore mentre entravano nello squallido appartamento. Non c'era nessun mobile nel piccolo studio, a parte un singolo materasso con una trapunta tirata sopra. Entrambi i bambini si sedettero lì, osservando i nuovi arrivati.

«Sei tu l'alfa?» chiese la donna. Sembrava leggermente amareggiata piuttosto che sottomessa, ma non incrociò lo sguardo di Cody con alcun tipo di sfida.

Cody annuì una volta e si infilò le mani in tasca. Melissa si meravigliò di quanto lo facesse sembrare meno intimidatorio. Invece di usare la stronzata da dominatore alfa che le aveva riservato, l'aveva evitata con questa donna, il che aveva scaldato Melissa ancora di più. A giudicare dalla sua espressione tirata e nervosa, la donna era già abbastanza spaventata. Sembrava un animale messo alle strette. Il che la rendeva potenzialmente pericolosa, considerando che aveva dei cuccioli da proteggere.

«Non resterò a lungo», sbottò. «Ecco perché non sono venuta a trovarti.» La sua pelle aveva un pallore grigiastro e malnutrito e le mancavano due denti.

Cody annuì, il che avrebbe potuto significare qualsiasi cosa. «Da dove venite?»

Avvicinò le spalle alle orecchie. «Qui e là.»

«Nome?»

La donna esitò. «Colleen.»

Cody tirò fuori la mano dalla tasca e tirò fuori una mazzetta di banconote. Senza srotolarle, gliele porse. «Sembra che ti possa servire un piccolo aiuto per rimetterti in piedi, Colleen.»

Lei non si mosse per prendere i soldi. «Non mi unisco al tuo branco.» Sebbene le parole fossero audaci, tenne lo sguardo basso.

Senza distogliere lo sguardo da lei, cambiò l'angolazione della mano per porgere i soldi ai bambini. Il bambino, che sembrava avere circa dieci anni, si precipitò avanti senza esitazione e li prese.

Ragazzo intelligente.

Cody tirò fuori un biglietto da visita. Il fatto che portasse con sé delle carte quando non usava nemmeno il portafoglio la sorprese, ma forse era per affari del branco. Lo porse a Colleen. «La nostra corsa sotto la luna piena è domani nella zona di Woodland Park, lungo la Highway 24.» I bambini si rianimarono, come se avesse detto che potevano andare in un parco divertimenti. Cody sorrise. «I cuccioli sono i benvenuti, ovviamente. C'è una baita lì che puoi usare quando vuoi. Chiamami o mandami un messaggio se vuoi indicazioni.»

La donna prese il biglietto, con un'espressione incerta sul viso. I bambini si erano alzati dal letto e la stavano accalcando, guardandola con espressioni supplichevoli.

«Possiamo, mamma?» chiese la bambina.

Colleen strinse le labbra.

«Adesso sai come contattarmi.» Le parole di Cody riconoscevano che non si era rivolta a lui e la lasciavano andare. Indicò il biglietto. «Usalo se ne hai bisogno.»

La sua espressione si rabbuiò, ma infilò il biglietto nella tasca posteriore dei jeans larghi. «Grazie per essere passato.» Fissò il pavimento mentre pronunciava questa gentilezza, che sembrava una sciocchezza assoluta.

Cody si diresse lentamente verso la porta, poi si voltò a guardare i bambini, che lo avevano osservato avidamente e ora abbassavano lo sguardo per imitare quello della madre. «Spero di vedervi domenica. La montagna è bellissima.»

Nessuno rispose, ma Cody aveva già aperto la porta, come se non se l'aspettasse. Lasciò andare Melissa per prima, con la mano appoggiata delicatamente sulla parte bassa della schiena. Quindi il ragazzo sapeva come comportarsi da gentiluomo, nonostante il comportamento da Neanderthal.

Quando salirono sul furgone, lei disse: «Sei stato gentile.»

Cody fissò il volante, con aria seria. «Non ho mai dovuto affrontare niente del genere prima.»

«Come cosa?» disse piano, non volendo farlo uscire da quella insolita apertura.

«Violenza domestica. Immagino che si stia nascondendo da chiunque le abbia fatto saltare quei denti.»

Melissa sussultò nel sentirlo dire ad alta voce, ma capì subito che Cody doveva avere ragione. Studiò il suo viso, vedendolo attraverso un filtro diverso. Il Cody alfa, non solo il ragazzo che affermava il suo dominio sessualmente, ma quello che era a capo del suo branco. Sembrava terribilmente capace. Pericoloso, ma non nel modo del cattivo ragazzo, più nel senso protettivo.

«Puoi... la proteggerai, vero?» I suoi bellissimi occhi grigi la fissarono, con un'espressione imperscrutabile. Merda. Forse non avrebbe dovuto chiedere della questione del branco. Ma accidenti. Sperava che aiutasse quella donna. Si strofinò il viso. «Se chiede la mia protezione, l'avrà. Noterai che non l'ha chiesta. Potrebbe aver paura di non potersi fidare di me, che la tradisca vendendola al suo compagno, chiunque sia quello stronzo violento, o che pensi che io non abbia abbastanza potere per proteggerla.»

Avviò il furgone e si allontanò dal marciapiede. «Non dovresti guardarmi in quel modo.»

«Come?»

«Come se fossi un fottuto eroe. Perché non lo sono. E mi piace troppo quell'espressione su di te, accidenti.»

Le si fermò il respiro. Cody non la stava guardando, ma l'energia tra loro si accese.

Lui era un eroe, però. Si era messo a disposizione, aveva messo la sua vita prima di quella di lei, senza averla mai vista. E ora era pronto a proteggere quest'altra donna, che non conosceva nemmeno.

Incapace di pensare a qualcosa da dire, tenne la bocca chiusa, ignorando il ronzio che le attraversava il corpo proprio per la vicinanza di Cody.

Capitolo otto

Cody parcheggiò la Ducati Streetfighter davanti alla baita in montagna. Considerando che aveva Melissa con sé, avrebbe dovuto guidare fino a Woodland Park con il furgone, ma la giornata era troppo bella. Il giro all'aria aperta attraverso il passo montano della Highway 24 fu meraviglioso, soprattutto perché poteva evitare l'ingorgo delle auto in moto.

La scelta di guidare la Ducati non aveva nulla a che fare con il piacere di avere le cosce di una certa bella rossa a cavalcioni sui fianchi, le braccia attorno alla vita. Né con il fatto di sbatterle di nuovo in faccia i suoi modi da piantagrane. Giusto.

Forse aveva qualcosa a che fare con il non ritenersi capace di condividere l'abitacolo del furgone con lei per il viaggio, inalando il suo profumo e soffrendo per le chiacchiere. Non sarebbe durato dieci minuti senza cedere alla necessità di spingere indietro il sedile e dirle dove voleva che andasse la sua bocca. Soprattutto con la luna piena e la sua bestia così vicina alla superficie.

Melissa sciolse le mani dalla presa attorno alla sua vita.

Gli mancò immediatamente il fatto di avere il corpo stretto contro la sua schiena. Si aspettava che sembrasse infastidita per i capelli arruffati o per il viaggio troppo spaventoso (l'aveva tenuta in una morsa mortale per tutto il tempo), ma sfoggiava un sorriso quando si tolse il casco. Quando diede una scrollata ai riccioli castani, facendoli cadere a cascata sulle spalle sottili, sentì distintamente la melodia di *chicka-bow-wow* nel retro della sua mente.

Tuttavia, i suoi occhi non erano puntati su di lui. Si diresse verso la baita con entusiasmo stampato su tutto il viso. «Wow. Quando hai detto baita, non immaginavo un vero e proprio rifugio in montagna.»

Sollevò un angolo delle labbra alla vista del suo entusiasmo da ragazzina. Non era stato preparato a questa reazione. Melissa saltò su per i gradini mentre lui scaricava il cibo dalle bisacce. «Quando è stata costruita?»

«L'ho finita l'anno scorso.»

Si voltò di scatto, la bocca aperta, le labbra carnose che formavano una piccola *O*. «L'hai costruita tu? Proprio tu?»

Cercò di ignorare la cascata di orgoglio che il suo stupore gli provocava. «Sì.» Si sporse oltre lei e digitò il codice sul tastierino di sicurezza per aprire la porta, riuscendo in qualche modo a non spingercela contro e a non premere il cazzo perennemente desideroso contro il suo culo lussureggiante, avvolto nei jeans.

«Oh, mio Dio» sussurrò, precipitandosi dentro nel momento in cui lui spinse la porta. «È bellissimo.» Posò lo sguardo sul soggiorno di grandi dimensioni mentre si lanciava in avanti, controllando tutte le stanze. «Adoro i soffitti a volta e il mix di rustico e high-tech. È proprio come una casa di CJ Steele. È incredibile. Quanti metri quadri sono, trecento?»

«Trecentoventi.» Non voleva, ma lasciò cadere le

bisacce con i vestiti e il cibo e seguì Melissa mentre correva attraverso lo chalet.

«Quattro camere da letto, due bagni?»

«Esatto.»

«E questo? Dove hai trovato questi supporti intagliati?»

«Li ho intagliati io.» Gli si strinse la gola. Non era sicuro del perché gli importasse così tanto di ciò che pensava lei di quel posto.

«Chi ha fatto questo lavandino? È incredibile.»

Il lavandino era una bellezza di ceramica di argilla fatta a mano e cotta in tonalità di ocra e ruggine. «Li fa un mio amico.»

«Il signor Steele li usa nelle sue case?»

Lo colpì un briciolo di irritazione. La sua adorazione eroica per "il signor Steele" era così in contrasto con la condiscendenza nei suoi confronti. Una parte ostinata di lui aveva bisogno che lei lo rispettasse, il ragazzo in piedi di fronte a lei, non il caso di successo immobiliare che lei adorava.

«Sì, questi lavandini sono in alcune delle sue proprietà.»

«Cody.» Si voltò.

Adorava sentire il suo nome sulle sue labbra, anche se lo amava di più quando lo urlava al culmine di un orgasmo. Si sforzò, sperando di nascondere i pensieri sporchi che gli ronzavano nella mente in riproduzione continua. «Sì?»

«Questo posto è tuo?»

«Appartiene al branco.» Non era esattamente una bugia. Aveva costruito la baita per il branco, un luogo di incontro e un rifugio per chiunque ne avesse avuto bisogno. Ci aveva messo quattro anni, lavorando nei fine settimana, ma aveva amato ogni minuto. Quasi tutti i membri del branco avevano contribuito con il loro lavoro, il che lo rendeva davvero adatto come base di partenza.

«Questa proprietà vale molto.» Lo stupore nella sua voce non avrebbe dovuto piacergli poi così tanto. Dopotutto, non voleva impressionarla con i soldi.

«A quanto la metteresti in vendita?» Era curioso di sapere qual era la sua abilità come agente. Aveva detto che aveva perso un affare con lui. Era migliorata da allora?

«Quattro novantotto per una vendita veloce. Cinque e trenta se vuoi l'acquirente perfetto.»

«L'acquirente perfetto? Chi è esattamente?»

«È la persona che amerà la tua proprietà tanto quanto te. Quella che se ne prenderà cura o la migliorerà. Quella che le darà una nuova storia.»

La fissò, affascinato. Il suo agente di sicuro non parlava mai di persone che amavano le sue proprietà. Non si parlava di alcuna emozione in nessuna delle sue transazioni. Eppure, guardando il suo viso illuminarsi mentre descriveva questo amore per una proprietà, capì esattamente cosa intendesse. Amava ogni proprietà su cui avesse mai lavorato. Ed era, a volte, difficile voltare loro le spalle quando vendeva. Non aveva mai pensato a trovare l'acquirente "giusto" come un modo per alleviare quel dolore.

«Come mi mostreresti questa proprietà, se fossi un cliente?» Sollevò un angolo delle labbra e abbassò leggermente le palpebre, come se parlare di immobili fosse per lei una forma di preliminare. Tornò alla porta d'ingresso e gli fece cenno di avvicinarsi. La immaginò con la gonna attillata e i tacchi che indossava il giorno in cui l'aveva incontrata, le lunghe onde castane raccolte in un twist francese.

No, anzi, capelli sciolti per questa fantasia, sempre capelli sciolti, una tentazione per le sue dita che avrebbero voluto afferrarli nel pugno e tirarli. Le si avvicinò lentamente.

«Penso che questo posto la lascerà senza parole, signor...

ehm...» Si fermò, gli occhi cercarono il suo viso per farsi aiutare in quel gioco di finzione.

Non voleva dirle che il suo cognome era Steele. Non ora, forse mai. «Cody.»

Lei alzò gli occhi al cielo ma continuò. «Signor Cody. È più un'opera d'arte che un semplice edificio. Lo ha costruito uno dei membri del team di CJ Steele Construction, e ha tutti gli stessi tocchi, il che ne aumenta notevolmente il valore. Col tempo, credo che le proprietà di CJ Steele diventeranno ricercate come, diciamo, gli edifici di Frank Lloyd Wright in altre città.»

Cody la guardò a bocca aperta. Lo stava davvero paragonando a un architetto? A un artista? Un'emozione sconosciuta minacciava di dilatargli il petto oltre ogni conforto. Un prurito lo pervase, come se avesse bisogno di mutare e scappare. Ma da cosa, non era sicuro. Forse dalle sensazioni che gli chiudevano la gola. Si avvicinò al centro della stanza e indicò il pavimento. «Il pavimento in legno sembra pino, ma in realtà è cipresso australiano» gli lanciò un'occhiata interrogativa e lui annuì in segno di conferma, «che è un legno più duro e molto più durevole. Noti che il costruttore ha scelto di lasciare le pareti interne dello stesso tronco grezzo dell'esterno. Questa è una classica tecnica di CJ Steele di esporre le materie prime. Non nasconde nulla; anzi, le mette in primo piano e al centro. Nelle sue ristrutturazioni industriali, espone i mattoni e usa l'alloggiamento in acciaio per i cavi elettrici come punto focale. Qui, in questo chalet, porta l'esterno all'interno, ma offre comunque ogni comfort che si possa desiderare in una fuga.» Si interruppe con il suo monologo e lo guardò timidamente. «So che non è proprio una casa di CJ Steele, ma la venderei in quel modo. Forse imbroglierei l'acquirente, non lo so.» Scrollò le spalle.

Cercò di parlare nonostante il nodo che gli stringeva la

gola. Quando non uscì nulla, la tirò a sé e premette le labbra sulle sue.

Lei saltò, sussultando per la sorpresa, poi ammorbidendosi nel bacio. Le fece scivolare la lingua tra le labbra, tenendole la nuca per tenerla prigioniera. Poi, poiché il poco controllo che aveva stava svanendo, si allontanò.

«Quindi vostra altezza reale può sopportare l'alloggio mentre io corro?» Non sapeva perché doveva punzecchiarla di nuovo con quelle cose, quando gli piaceva così com'era ora, dolce e riconoscente. Probabilmente aveva a che fare con il bisogno di qualcosa che si incastrasse tra loro, perché per quanto il suo lupo interiore urlasse che lei era sua, non la voleva. Non un'umana. Non avrebbe fatto stare bene suo padre.

Lei sussultò e quando si voltò, l'altezzosa inclinazione del suo mento gli disse che la frecciatina aveva colpito nel segno. «Questa è solo una nuova gabbia in cui chiudermi mentre tu te ne vai a fare le tue cose?» mise le mani sui fianchi, i seni sodi sembravano provocarlo attraverso l'attillata maglietta di cotone. «Posso uscire dalla porta?»

Odiando il modo in cui aveva cambiato le cose tra loro, prese le bisacce e infilò le scorte di cibo nel frigorifero. «Qui sei abbastanza al sicuro. Puoi sederti fuori sul ponte, ma non andare oltre.»

Tirò su col naso. «Avrei dovuto portare il Chromebook qui.»

«Non c'è segnale Wi-Fi o cellulare. Siamo fuori campo.»

«Quindi esattamente cosa pensi che farò mentre sei fuori a correre?»

«Potresti renderti utile e preparare la cena per il branco.» Non lo pensava davvero, ma sapeva che l'avrebbe infastidita.

Socchiuse gli occhi. «Ottimo, quindi i lupi vanno a

correre e l'umile umana resta a casa a cucinare il loro pasto? Questa cosa del dominio patriarcale del lupo sta iniziando a diventare vecchia.»

«Ti piace il modo in cui ti domino.» Si avvicinò a lei, spingendola contro un muro.

Il suo respiro si fermò, gli occhi si dilatarono.

Le affondò le dita nei capelli e le massaggiò il cuoio capelluto prima di tirarle indietro la testa.

«Ahi. Cosa stai facendo?»

L'odore della sua eccitazione lo portò a insinuare il ginocchio tra le sue gambe prima ancora che il pensiero gli entrasse in testa. «Principessa, la luna è piena. Lasciarti qui e andare a correre non è un piacere, è una necessità. Vuoi sapere perché?»

Dischiuse le labbra carnose. «Sì.»

«Perché, tesoro.» Le sfiorò l'orecchio con i denti. «Se passo un altro secondo qui con te, ti strapperò i vestiti di dosso e ti scoperò così a lungo e duramente che non sarai in grado di salire su quella motocicletta domani.»

Si leccò le labbra e lui seguì con lo sguardo affamato quel movimento.

«Non tentarmi in quel modo, principessa. Sai che mi piacerebbe ficcare il cazzo in quella tua piccola bocca calda.»

Alla fine, era andato troppo oltre. Melissa lo spinse indietro. «Gesù, Cody.»

Si tolse la maglietta e lei spalancò gli occhi, scendendo sul suo petto e sugli addominali, seguendone la scia felice fino al punto in cui scendeva nei jeans. Rise cupamente mentre camminava verso la camera da letto, sbottonandosi i jeans. Li scalciò via e mutò, correndo verso la porta per cani sul retro prima che le sue zampe toccassero il pavimento di legno.

* * *

Il cuore di Melissa martellò per lunghi istanti dopo che Cody scomparve. Le sue mutandine erano bagnate, una costante ogni volta che si trovava in compagnia di quel lupo dominante e volgare. Solo una volta, avrebbe voluto rimetterlo al suo posto, o farlo andare fuori di testa come la faceva sempre sentire lui. Si guardò intorno, oscillando tra l'autocommiserazione per Cody che l'aveva abbandonata lì senza troppe spiegazioni su cosa stesse succedendo con il branco e la loro corsa, e il piacere per l'incredibile ambiente circostante. La baita, se così la si poteva chiamare, la lasciava senza parole. Era strano che Cody non si rendesse conto di quanto fosse impressionante, ma d'altronde lavorava sempre ai progetti di CJ Steele. Eppure, era lui il proprietario di quella proprietà, o almeno il suo branco. E lei avrebbe stimato il suo valore a quasi mezzo milione se avesse incluso tutto quel terreno che sospettava. Questa proprietà, sommata a quella che possedeva nel quartiere Old North End, gli dava un patrimonio netto molto più alto di quanto avesse inizialmente stimato. Cody non era solo un operaio edile che viveva di stipendio in stipendio. O se lo era, aveva investito saggiamente. Lo aveva sicuramente giudicato male.

Scacciò via il senso di colpa. Lui poteva avere risorse finanziarie, ma questo non lo rendeva comunque affidabile. O gentile.

Ma la gentilezza non andava così lontano come avrebbe voluto per lei quando si trattava di uomini. Non era mai successo.

Il tipo "non gentile" come Cody era più o meno sexy. E anche se poteva mancare di buone maniere e trattare le donne in modo degradante, non stava facendo nulla di illegale, come Jeremy. Si guadagnava da vivere onestamente. Aveva una discreta dose di onore, in realtà.

Fece un'altra ispezione approfondita alla proprietà, ammirandone la splendida fattura. Non avrebbe cambiato nulla se avesse comprato quel posto. Non avrebbe chiesto nulla di diverso se la casa fosse stata costruita per lei.

Sospirò. Presto, si sperava, sarebbe uscita sul mercato una casa di CJ Steele e Ben l'avrebbe aiutata ad acquistarla.

Passò un'ora e Cody non era ancora tornato. Attraversò un paio di portefinestre per uscire sul portico. Il retro della baita si affacciava su una distesa di boschi. Sulla destra, la montagna saliva verso l'alto, con massi ricoperti di licheni che punteggiavano il pendio boscoso. Un sentiero costeggiava la base del pendio, invitandola. Nessun altro edificio o proprietà appariva in nessuna direzione dalla baita.

Inspirò profondamente l'aria frizzante di montagna, ricca del profumo di pino. La foresta sembrava così accogliente. Se Rabago e i suoi compari non l'avevano trovata a casa di Cody a Colorado Springs, di sicuro non l'avrebbero trovata lì. Indossando la giacca, corse giù per i gradini del portico. Voleva sapere dove portava il sentiero.

Lo seguì per un chilometro finché non si fermò a quella che sembrava una sorgente naturale che sgorgava dalla terra. Qualcuno aveva creato una piscina con il fondo di ciottoli e aveva inserito un tubo di rame all'imboccatura. Una tazza di latta giaceva lì vicino. La raccolse e la riempì d'acqua, poi bevve. Fredda come il ghiaccio e incredibilmente rinfrescante. Chiuse gli occhi, assaporandola.

Un ringhio basso la fece sussultare. Due enormi lupi fulvi si avvicinarono a lei, con le zanne scoperte. La tazza cadde rumorosamente sulle rocce e lei ingoiò un grido.

«Uh... piano...» Fece un passo indietro e i due lupi si

fecero avanti, con i denti che luccicavano nella luce del pomeriggio.

Erano mutaforma? Dovevano esserlo; erano giganteschi. Mutaforma femmine.

«Sto con Cody?» Sembrava più una domanda. Non era sicura di quanto i mutaforma capissero quando erano in forma di lupo. «Calma, ragazze. N-non sto violando il vostro territorio o niente del genere.» Troppo tardi, si ricordò di abbassare lo sguardo e di non sfidarle.

Un movimento alla sua sinistra attirò la sua attenzione e vide altri tre lupi giganti, due neri e uno marrone chiaro, che la osservavano. Erano maschi. Era una specie di accoppiamento?

Tese i palmi aperti. «Non sono una minaccia, ragazzi.»

Una delle lupe femmine ringhiò e balzò in avanti, le fauci schioccarono a un paio di centimetri da dove aveva messo la mano prima che la tirasse indietro. Barcollò nella sorgente, con la schiena contro la roccia. Le scarpe da ginnastica si inzupparono con l'acqua gelida della sorgente.

Un altro ringhio arrivò da dietro di lei e la pelliccia argentata le lampeggiò sulla testa. Lei urlò quando un lupo volò giù dalla roccia sopra di lei e abbatté la femmina che stava ringhiando. Il lupo argentato scaraventò a terra quello marrone e rotolò con lui, con la gola tra le fauci.

Cody? Sì, la sua enorme, magnifica forma di lupo era inconfondibile.

Un orribile, pietoso guaito echeggiò tra le rocce e la femmina rotolò sulla schiena, mostrando la pancia. Per un orribile momento, Melissa pensò che il lupo argentato avesse ucciso quello marrone, ma quando si tirò indietro, non c'era sangue alla sua gola. Le morse i quarti posteriori e lei rimase immobile, piagnucolando.

L'altro lupo marrone era caduto sulla pancia e ora strisciava in avanti, piagnucolando anche lui. Ringhiò e morse anche lei, poi si voltò e trotterellò via, in direzione della cabina. Tutti i lupi gli si lanciarono dietro, con le code tra le gambe mentre lo seguivano.

Melissa rimase immobile per diversi lunghi istanti, sperando che il battito cardiaco le tornasse alla normalità. Il fastidio dell'acqua gelida che le bagnava le scarpe la fece finalmente uscire dal suo torpore. Tornò allo chalet con le gambe tremanti. Quando spinse la porta d'ingresso, vide che dei giovani avevano riempito la grande zona giorno e altri uscivano dalle camere da letto in vari stati di abbigliamento. Due giovani donne stavano lì a parlare mentre una si infilava calzini e scarpe. L'altra, una donna nervosa con un piercing al labbro, si legava i capelli biondo sabbia in una coda di cavallo. Quando vide Melissa, la conversazione morì sulle sue labbra. Cody uscì dalla camera da letto padronale indossando solo i suoi jeans sbiaditi. Aveva i piedi nudi, così come il busto e le si seccò la bocca alla vista dei suoi addominali scolpiti e del petto muscoloso. Lui non le stava prestando attenzione, però. Il lupo incazzato si avvicinò alla bionda. «Non attaccherai mai più una femmina sotto la mia protezione, che sia una lupa o un'umana» ringhiò Cody. Il cuore di Melissa decollò di nuovo al galoppo. Ovviamente era stata quella femmina ad attaccarla.

«Non sapevamo che fosse con te» disse la donna con finta innocenza.

«Stronzate. Il mio odore è dappertutto su di lei e lo sai.» Mise il suo imponente torace davanti alla ragazza e la fissò, con i muscoli della mascella che si contraevano.

«Mi dispiace, Alfa.» La lupa abbassò gli occhi ma il suo tono non sembrava sincero.

Il resto dei giovani si era radunato e stava lì a guardare la scena. Cody si voltò di scatto verso di loro. «E voi altri, che state lì a guardare? Che diavolo vi prende?»

Abbassarono gli occhi e borbottarono cose come «Mi dispiace, amico» o «Mi dispiace, Alfa.»

«Beh, perché hai portato qui un'umana?» lo sfidò la bionda. «È la tua... *ragazza* o qualcosa del genere?» Disse *ragazza* come se l'idea la disgustasse.

Alla fine, Cody guardò Melissa. «Lei è Melissa. È la cognata di Ben Stone. Ben ha chiesto la protezione del branco per lei e io gliel'ho concessa.» Naturalmente non si aspettava che lui la dichiarasse la sua ragazza, ma le sue parole la trafissero comunque. Giusto, lei era un obbligo che aveva nei confronti di Ben. Il bagliore di soddisfazione che aveva provato per la sua difesa morì rapidamente.

«Quindi le è permesso correre sulla nostra montagna durante la luna piena?»

Il ringhio basso di Cody fu pura bestia.

La ragazza sollevò le mani, distolse lo sguardo e le offrì la gola. «Lo sto solo chiedendo.»

«È sotto la nostra protezione» ripeté con fermezza, ma poi lanciò a Melissa uno sguardo di condanna.

Accidenti. Non si era resa conto che avrebbe causato un problema del genere al branco.

Cody si voltò nel semicerchio, ma nessuno incrociò il suo sguardo. «Se qualcuno fa casino con lei di nuovo, lo rimetto al suo posto e non gli piacerà. È chiaro?»

«Mi è piaciuto l'ultima volta.» La bionda rivolse a Melissa un sorrisetto.

Il sangue defluì dal viso di Melissa e le si contorsero le viscere. Era rimasta così sconvolta dalle dinamiche da lupi che non aveva notato l'ovvio: quella ragazza era l'amante di Cody. O ex amante.

Melissa non aveva alcun diritto di essere gelosa al punto

di farsi bruciare le viscere, ma avrebbe seriamente voluto colpire quella donna. Ovviamente, avrebbe sicuramente perso qualsiasi tipo di combattimento con un mutaforma, il che la rendeva solo più furiosa.

«Fuori.» Indicò la porta.

La bionda sollevò i palmi delle mani. «Scusa. Stavo solo scherzando. *Accidenti*.»

La fissò finché ogni traccia del sorrisetto non le svanì dal viso e un rossore le salì sul collo.

«Scusa, Alfa.»

Con un'espressione accigliata che gli rovinava il bel viso, Cody esaminò gli altri nella stanza. «Qualcun altro ha un problema che dobbiamo risolvere?»

Risuonò un veloce coro «No, Alfa.»

«Bene. Andiamo a mangiare.» Cody girò sui tacchi e andò in cucina.

Dannazione. Non avrebbe dovuto trovare così eccitante vedere Cody ostentare il suo dominio da lupo con il suo branco, ma era così.

Eppure, era ovvio che non apparteneva a quel posto. Era stata chiaramente emarginata da Cody e dal branco e Cody era chiaramente irritato con lei per aver lasciato la baita. E odiava quella lupa che l'aveva appena fatta sentire tanto stupida. Incapace di rimettersi in sesto, scivolò nella camera da letto principale e chiuse la porta.

* * *

Cody si avvicinò furtivamente per accendere la griglia, lanciando un'occhiata torva a Lorna. Come se non bastasse tenere a bada la sua bestia intorno a Melissa durante la luna piena, ora aveva in corso un folle dramma di branco. Il suo branco non aveva mai avuto drammi.

Il gruppo si era unito facilmente. Erano tutti ventenni e lui era stato il leader ovvio. Non aveva mai dovuto imporsi con loro se non in modo scherzoso. La maggior parte di loro lavorava per lui alla CJ Steele Construction e avevano un rapporto facile, con i suoi dipendenti che lavoravano duramente per compiacerlo, ma sapevano che non sarebbe stato un osso duro se avessero avuto bisogno di tregua.

La reazione di Lorna a Melissa lo aveva colto di sorpresa. Non faceva sesso con la lupa da più di un anno e non erano mai stati una coppia: erano state scopate libere, di solito durante la luna piena, cosa comune tra i lupi finché non trovano la loro vera compagna.

Avrebbe dovuto avvertire il branco che sarebbe arrivata Melissa. Aveva raccontato a Greg, il suo beta, della promessa alfa e aveva programmato di raccontarla al resto del branco quella sera, dato che li riguardava tutti. Ma non stava pensando lucidamente, non ci era riuscito dalla sera in cui aveva portato a casa Melissa. Era stata lei a fargli questo.

Le voci si alzarono in cucina mentre la tensione si allentava e il gruppo si metteva a preparare il cibo insieme. Greg, il beta del branco, aprì un paio di sacchetti di patatine e tirò fuori dal frigorifero una confezione da dodici di birra. Mary scartò un'insalata che aveva portato.

Entrò per prendere la carne, ma qualcosa lo fece gelare. In qualche modo, l'odore delle lacrime di Melissa aveva raggiunto i suoi sensi. Dov'era?

Dannazione. Il bisogno di calmarla prevalse su qualsiasi responsabilità del branco. Senza dire una parola a nessuno, si diresse verso la camera da letto principale e spinse la porta per aprirla.

Melissa era in piedi alla finestra, a guardare fuori. Lui vide il suo riflesso nel vetro e quello sguardo perso quasi lo uccise. Quando entrò, lei si voltò di scatto e si allontanò da lui, diretta in bagno. Balzò in avanti, infilando la spalla tra la porta e lo stipite prima che lei potesse sbatterla.

«Non posso avere un po' di privacy qui?» Lottò con lui, cercando di spingerlo fuori. Lui le afferrò i polsi e la fece girare per avvolgerle le braccia intorno al petto in una costrizione indolore, tirandola indietro contro il suo petto e tenendola stretta.

«Ehi» disse dolcemente, cercando di calmarla.

«Lasciami in pace.»

La spinse contro il muro, schiacciandola tra quello e il suo corpo, evitando di schiacciarla con le braccia. Appoggiò la fronte contro il muro, ansimando. Lui appoggiò la guancia contro la parte posteriore della sua testa, inspirando il suo profumo.

Non sapeva perché stesse piangendo, non esattamente. E non era bravo a gestire le donne sconvolte, non aveva nessuna pratica. Ma il suo istinto gli chiedeva di confortarla.

«Sei qui per urlarmi contro?» L'amarezza si insinuò nella sua voce.

«No, tesoro.» Il battito del suo cuore le batteva sulla schiena e nel petto. La sua vicinanza calmava e incitava la sua bestia.

«Perché piangi? Sei gelosa per quello che ha detto Lorna?»

Il suo corpicino si tese contro di lui, i muscoli si irrigidirono in reazione alle sue parole.

Le morse l'orecchio, poi lo leccò per lenire il dolore. «È così, vero?» Il piacere lo attraversò. Bene. Era contento che fosse gelosa. Se avesse avuto idea del livello di desiderio che gli ispirava, avrebbe saputo che avrebbe staccato la testa a qualsiasi uomo l'avesse guardata due volte.

«Vai all'inferno.»

«Tesoro, quella lupa non significa niente per me. L'ho

scopata con la luna piena un po' di volte negli ultimi anni, e basta. Non significava niente e non siamo mai stati una coppia.» Non era sicuro del perché avesse bisogno di spiegarglielo: non avevano una relazione, né volevano averla, ma sembrava importante che lei sapesse come stavano le cose.

La girò tra le braccia per guardarla in faccia. «Mi dispiace che sia stata una tale stronza con te. Non volevo che accadesse.»

Il suo labbro inferiore tremava e lo uccideva vedere il suo dolore. «Quante volte?»

«Cosa?»

«Quante volte sono un po'?» Poi scosse la testa. «Non importa. Non sono affari miei.»

Cercò di spingerlo di nuovo. «Potresti semplicemente andartene?»

Ma erano affari suoi. La sua gelosia significava che provava dei sentimenti per lui e, nonostante il desiderio di starle emotivamente lontano, anche lui teneva a lei. Voleva alleviare il suo dolore per questo. Le prese il mento e lo sollevò, aveva le sopracciglia aggrottate mentre studiava il suo bel viso. «Non mi ha mai ispirato un decimo della fame che ho io per te. Non mi ha mai tenuto così teso, a pochi secondi dal perdere il controllo come ogni volta che mi avvicino a te.» Premette l'erezione sporgente contro il suo ventre. «Senti cosa mi fai. Pensi di dover essere gelosa di lei?» Scosse la testa. «Non c'è paragone.» Le lacrime salirono agli occhi di Melissa, ma non caddero.

Dolce e romantico non era il suo genere, ma fece del suo meglio, abbassando la testa per sfiorarle leggermente le labbra. «Mi dispiace. È stata una presentazione orribile con il branco. Per favore, puoi venire fuori e incontrarli ora? Gli altri sono gentili e caccerò Lorna in un batter d'occhio se sarà di nuovo maleducata con te.»

Si strofinò le labbra e annuì. «Okay.»

Un po' della tensione si allentò. Intrecciò le dita alle sue e la condusse in cucina dove si erano radunati almeno dieci membri del suo branco. «Salutate Melissa, tutti quanti. È un quarto lupo.»

Il loro interesse si stuzzicò a questo punto e Mary, l'unica altra femmina nel loro piccolo branco, attirò Melissa. Melissa le fece i complimenti per l'insalata e presto la fece chiacchierare senza sosta sugli ingredienti che aveva comprato al mercato contadino. Al tramonto, tutti i venticinque membri del branco erano arrivati e il rumore nello chalet si trasformò in un sordo boato mentre si mescolavano e mangiavano dal buffet.

Aveva pensato di chiedere a Melissa di chiudersi in camera da letto per l'incontro, ma decise di non farlo. Era già stata abbastanza emarginata e non gli importava che condividesse i loro segreti. Se lo avesse fatto, avrebbe potuto parlarne con Ben Stone.

Capitolo nove

Melissa guardò Cody uscire dalla doccia nella suite padronale, con i capelli bagnati e arruffati, i jeans sbiaditi e la maglietta nera di nuovo addosso. Il battito cardiaco le accelerò alla vista di lui, così virile e potente.

Era stato affascinante vederlo guidare la riunione del branco. Li aveva informati su Colleen e i suoi figli e aveva detto loro che l'avrebbe protetta se glielo avesse chiesto. Il suo branco era sembrato poco entusiasta, sottolineando che non sapevano nulla di lei e che c'era la possibilità molto buona che un branco molto più grande venisse a prenderla. Cody aveva ascoltato il loro feedback, ringraziato ogni membro che aveva parlato, ma aveva mantenuto la sua decisione, sempre che non fosse venuto alla luce qualcosa di nuovo. Li aveva informati anche sui dettagli della situazione di Melissa e sulla protezione del branco di cui aveva bisogno. Nessuno si era espresso contro, probabilmente ricordando ancora la rabbia di Cody di prima, ma dagli sguardi cupi che molti le avevano lanciato, aveva capito che l'idea di proteggerla non era popolare.

Dopo la riunione del branco, i lupi erano tornati a correre di nuovo. Era mezzanotte e Cody era tornato solo pochi minuti prima. Non le aveva lanciato un'occhiata quando era entrato, in forma di lupo, né le aveva dato un'occhiata ora mentre usciva dalla stanza.

Aveva cercato di dormire, ma il rumore inquietante dei lupi che ululavano fuori glielo aveva reso impossibile. Quello e il pensiero della punizione. Così era rimasta in piedi alla finestra con una delle magliette di Cody e le mutandine che le aveva comprato al Walmart, fissando il vuoto per l'ultima ora.

Cody era tornato nella stanza, tenendo in mano un rotolo di corda, che aveva lasciato cadere sulla cassettiera rustica splendidamente intagliata prima di girarsi e appoggiarsi.

«Vieni qui.» C'era una promessa oscura nel suo sguardo.

Un brivido le corse lungo la schiena quando indovinò a cosa servisse la corda.

La figa si contrasse. «Sono nei guai?» le sue parole suonavano fumose.

«Sicuramente.» Lui le fece un gesto con il dito.

Fece un passo avanti. Si fidava di lui, soprattutto dopo quello che era successo in bagno. Con un movimento rapido, la prese per la vita e la adagiò sul comò, inserendo il suo corpo tra le sue gambe. Le passò il pollice sul labbro inferiore. I suoi occhi erano cupi. «Mi hai disobbedito oggi.»

«Mi dispiace. Non mi ero resa conto di quanti guai ti avrebbe causato.» Cercò di parlare nonostante la stretta che le chiudeva la gola. «Volevo solo un po' d'aria fresca e non pensavo che Rabago mi trovasse qui.»

Lui appoggiò la fronte alla sua. «Ha offeso il branco trovarti nei loro terreni privati. Avrei dovuto spiegartelo.

Avrei dovuto pensare di portarti qualcosa da fare e avrei dovuto avvertire il branco che saresti arrivata. Mi dispiace.»

Lei prese fiato, sorpresa dalle scuse. «Significa che non... ehm, eserciterai il tuo dominio da lupo su di me?»

Sollevò gli angoli delle labbra. «Mi dispiace, tesoro. Non prometto mai una conseguenza senza mantenere la parola.» Le scostò una ciocca di capelli dal viso, poi affondò le dita nella folta criniera, massaggiandole il cuoio capelluto.

Lei trattenne un gemito. Dio, aveva bisogno del suo tocco. Sembrava che la luna piena avesse avuto effetto anche su di lei. «Ti ricordi cosa ho detto che sarebbe successo se mi avessi disobbedito di nuovo?»

Sì. Se lo ricordava. «Hai detto che sarebbe successo se fossi uscita dall'altra casa.»

Le afferrò i capelli e le tirò indietro la testa, facendola gridare, anche se non le fece poi così male. «Come ti punirò, principessa?» ringhiò.

Lei strinse le labbra, rifiutandosi di rispondere.

La sua mano libera arrivò ad afferrarle il seno destro e si sporse in avanti e le morse il collo. «Dillo» sussurrò. Aveva un talento particolare nel trasformare quasi ogni momento tra loro in sesso. Come sempre, il suo corpo rispose, i capezzoli si gonfiarono, il calore le divampò nel nucleo.

«Un—» Si schiarì la gola che gracchiava. «Una sculacciata.»

«Esatto» fece le fusa, la lingua schioccò sul lobo dell'orecchio. Con sua profonda delusione, la lasciò andare e fece un passo indietro. «Togliti i vestiti.»

Lei scivolò giù dalla cassettiera e sostenne il suo sguardo mentre si sfilava la morbida maglietta oversize da sopra la testa. Il basso brontolio nella sua gola era tutto sui suoi seni nudi, che lui fissava con una fame che le rinnovava quella sensazione di sicurezza. Le fece scivolare un braccio intorno alla vita e la tirò contro il suo corpo nello stesso momento in cui le pizzicò un capezzolo tra le dita, forte.

Lei ansimò per il dolore e la sorpresa.

«Okay, principessa. Ti propongo un patto. Se ti pieghi silenziosamente e mantieni la posizione come una brava ragazza, ci andrò piano con te.»

«E se non lo faccio?» gracchiò.

Il cazzo rivestito di jeans premeva contro la sua pancia, duro e spesso. Lui fece scivolare la mano dalla vita al suo culo e strinse. «Se non riesci a stare ferma, allora ti legherò con quella corda laggiù. Perché se devo lottare con te, perderò ogni controllo. Finirai con il mio cazzo sepolto tra le gambe e i miei denti nella spalla. Allora sarai costretta a sottometterti a un lupo alfa per il resto della tua vita, e non credo che nessuno di noi due lo voglia.»

Il piacere del suo intenso desiderio morì con le sue ultime parole.

Non voleva essere accoppiato con lei.

Ovviamente non lo voleva. Non la amava. Per lui era solo un'umana arrogante e rompiscatole. Forse provavano attrazione fisica, ma finiva lì.

Lei gli spinse il petto. «Non lo lascerei mai accadere.»

Cody le afferrò i polsi e la fece girare, tenendoli nella parte bassa della schiena. «E corda sia.» C'era un pizzico di gioia nella sua voce?

Un brivido le corse lungo la schiena.

Lui le avvolse la corda attorno ai polsi dietro di lei, poi la condusse al letto. «Piegati, principessa.» Le diede una pacca sul sedere.

Non obbedì subito, ma lui non la spinse, forse aspettando il consenso implicito nel suo assumere quella posizione. Si chinò e gli presentò il sedere.

Con una mano che la teneva ferma, le abbassò le mutandine e le diede un paio di forti sculacciate.

Bruciava, ma il suono del suo gemito la distrasse. Sembrava che stesse soffrendo.

Bene. Gli stava bene. Che soffrisse pure per la ragazza con cui non voleva accoppiarsi ma da cui non riusciva a tenere le mani lontane.

Le portò entrambe le mani sul sedere e le massaggiò le natiche bruscamente, stringendole e aprendole il sedere, poi fece scivolare i palmi callosi lungo la parte posteriore delle sue gambe e le tolse le mutandine dalle caviglie. Lei gemette.

«Muoviti e raddoppierò la tua punizione.» La sua voce era fumo e velluto.

Contrasse il sedere. Voleva di più ma non voleva continuare a lottare con lui.

«Brava ragazza.» Con una sorprendente dimostrazione di forza, la sollevò per la vita finché non fu in ginocchio sul letto. «Penso di aver bisogno che tu sia sistemata in modo un po' diverso.» Tornò con la corda e le tirò la caviglia sinistra, poi la fissò al montante del letto.

«Cosa stai facendo?»

Lui non rispose, ma si spostò sulla sua gamba destra, allungandola nella direzione opposta e avvolgendole la caviglia con strette spire di corda in modo che lei giacesse a pancia in giù con le gambe divaricate.

«Questo dovrebbe tenermi al sicuro?» sbottò. «Hai appena reso facile farmi tutto quello che vuoi.»

Come per sottolineare la sua paura, vide che i suoi occhi erano diventati di un azzurro pallido mentre la fissava con fame sfacciata.

«Non dovresti essere tu quello legato?»

«Non funziona così.» La sua voce si era abbassata e il

rigonfiamento nei pantaloni rivelava il suo intenso interesse. «Sono il lupo dominante, principessa.»

* * *

Ma probabilmente aveva ragione. La sua vista si era offuscata a guardarla sdraiata in una posizione così provocante, il cuore rosa del suo sesso esposto e spalancato, il culo succoso in mostra per la sua punizione. La lussuria lo travolse a ondate, facendogli girare la testa.

Ma no. Aveva autocontrollo. Era una delle tante cose che aveva imparato negli anni da quando suo padre lo aveva cacciato dal branco. Prendendo un profondo respiro, appoggiò un ginocchio sul letto per avvicinarsi abbastanza e fece scendere la mano su un lato del culo di Melissa.

Il suono che fece fu puro sesso.

Le diede tre forti schiaffi.

Lei ansimò e i muscoli della sua schiena si irrigidirono. Bellissima. Era fottutamente stupenda.

La sculacciò ancora un po', amando il modo in cui serrava le natiche e si dimenava sui cuscini, ma lui l'aveva legata stretta, quindi non poteva andare da nessuna parte.

Si fermò e le accarezzò il culo. «Brava ragazza.» Continuò, stringendo forte, le sue palpebre si appesantirono per il piacere di possedere il suo dolce culetto.

Lei gemette. L'odore della sua eccitazione lo colpì come una droga, mandando un'ondata di calore in tutto il suo corpo. Quando sollevò il culo per averne ancora, dovette trattenere il respiro per non reclamarla.

Non aveva intenzione di slegarla, non quando la sua vista realizzava ogni suo sogno erotico. Le diede uno schiaffo sulla figa.

«Cody» gridò.

Le diede di nuovo uno schiaffo sulla figa, amando l'umidità che gli usciva dalle dita. La sua eccitazione alimentò la sua lussuria quasi fino al punto di rottura.

Le diede una pacca sulla parte interna della gamba sinistra.

«Cody... Cody, per favore.»

Gli piaceva da morire quando lei lo supplicava.

«Di cosa hai bisogno, tesoro?» Le diede di nuovo uno schiaffo sulla figa con la cintura.

Lei dimenò la parte superiore del corpo, l'unica parte in grado di muoversi. «Oh, mio Dio, Cody, per favore.»

«Dimmelo.» Le diede di nuovo una pacca sulla figa.

«Te! Ho bisogno di te... dentro di me.»

Il lupo in lui ruggì e la vista gli si oscurò. I suoi jeans andarono giù prima ancora di aver preso fiato. In qualche modo, attraverso la nebbia, si ricordò di prendere un preservativo dal comodino.

Strappa. Srotola.

Nel secondo successivo si era seppellito, palle in profondità, senza pensare a prepararla.

Lei ansimò, i suoi muscoli si irrigidirono attorno a lui.

«Cristo, sei appena venuta?» La sua voce strozzata suonava lontana.

«Sì» ansimò. «Sto bene. Continua.»

Non aveva bisogno di incoraggiamento. Con un impeto, si dondolò indietro e dentro. Il suo culo fottutamente fantastico era caldo e morbido sotto di lui, il suo canale così deliziosamente stretto, bagnato e caldo.

Faceva i grugniti più carini ogni volta che lui la penetrava, ma lo stavano spingendo oltre il limite.

Si sporse e le coprì la bocca con il palmo della mano.

«Silenzio, tesoro. Smettila di fare quei dolci piccoli versi o perderò il controllo.»

Lei gli leccò il palmo.

I suoi denti si allungarono.

No.

Sollevò la testa all'indietro e girò il collo per allontanarsi da lei, chiudendo gli occhi. «Non muoverti» ansimò. «Non fare un cazzo di rumore... Ho solo bisogno... di finire.» Ma scivolare dentro e fuori da lei era troppo. Il suo profumo lo circondava, lo inghiottiva. Ruggì, appoggiandosi sulle nocche accanto alla sua testa, battendo i fianchi contro il suo culo, forte e veloce. I testicoli si contrassero. Le stelle gli danzarono davanti agli occhi. Il desiderio di affondare i denti in lei lo attraversò mentre lo sperma gli scorreva lungo l'asta. Spalancò le fauci, il siero gocciolava dai denti.

In qualche modo, trovò il controllo per indietreggiare, tirandosi fuori per stare in ginocchio dietro di lei.

Lei gemette per la perdita.

«Nessun rumore» sussurrò lui con voce roca, stringendosi il cazzo pulsante. Lo pompò due volte prima di togliere il preservativo e rovesciare il seme su tutto il suo bel culo rosso.

Ansimarono insieme mentre la sua vista tornava alla normalità. La lussuria non era diminuita, ma l'urgenza di marchiarla si era attenuata. Lui si chinò e le spalmò lo sperma sul culo, aprendole le natiche e facendolo scendere nell'ano con il pollice.

Il suo grido gutturale glielo fece tornare duro in pochi secondi. Voleva prenderle il culo, ma sapeva che non doveva. Non aveva alcun controllo, le avrebbe sicuramente fatto male. Così si accontentò, invece, di stuzzicarle il buco posteriore, massaggiando l'anello muscolare finché non si rilassò per lasciarlo entrare.

Lei ansimò, irrigidendosi, ma lui portò il medio e l'indice alla sua fica bagnata e li fece scivolare dentro. Nel momento in cui iniziò a scopare con le dita entrambi i buchi, lei iniziò a gemere. Si inarcò, strofinando il viso sul letto, torcendo le mani legate.

Lui pompò più velocemente, stordito dalla soddisfazione di darle piacere. Quando allungò la mano libera sotto i suoi fianchi e le strofinò il clitoride, lei esplose. Il suo urlo trafisse l'aria, echeggiando contro le pareti, facendolo quasi mutare per potersi unire al suo ululato.

Le sue pareti interne gli strinsero le dita, mungendole ancora e ancora. Quando, alla fine, lei si afflosciò, lui le liberò e si sforzò di sciogliere il nodo alle corde.

«Bella ragazza» gracchiò, liberandole le mani e spostandosi ai suoi piedi. Si chinò e le baciò la parte posteriore del polpaccio mentre liberava una caviglia, poi l'altra.

Lei non si mosse.

Si infilò i jeans in modo che il cazzo non potesse avere idee intelligenti mentre dormivano e si insinuò accanto a lei, tirando fuori i cuscini da sotto i suoi fianchi. «Vieni qui, tesoro.» La tirò contro il suo petto.

Lei si girò su di lui, appoggiandogli la testa sulla spalla con un dolce sospiro.

Le accarezzò la lunga, bellissima criniera e le baciò la fronte. Quei gesti gli erano estranei, non aveva mai coccolato una donna in vita sua, eppure sembravano così naturali e giusti. La consapevolezza della morbida lussureggiante figura nuda di lei accostata alla sua si insinuò come aculei di fuoco, disturbando quel tenero momento. Con il palmo le cercò il seno e le spine esplosero in fiamme.

«Devo metterti dei vestiti addosso» disse bruscamente, riuscendo in qualche modo a staccarsi da lei. «O ti farò allargare le gambe per tutta la notte.» Raccolse la maglietta da dove l'aveva gettata sul pavimento prima e gliela infilò dalla testa.

La sua espressione gli bloccò il cuore. C'era un'apertura, una fiduciosa meraviglia in lei, nel modo in cui i suoi grandi occhi azzurri lo guardavano. Si era arresa alle sue cure. L'impatto lo fece quasi cadere in ginocchio. Le mani gli tremavano mentre tirava su le coperte e si arrampicava accanto a lei.

Le prese il viso e le fece scorrere il pollice lungo la guancia, meravigliandosi di quanto fosse morbida la sua pelle, quanto fosse perfetta e liscia.

«Deve essere dura guidare un branco.» Le sue parole lo spaventarono.

Si sistemò sulla schiena e la tirò su contro il suo fianco, con la testa sulla sua spalla. «Sì» ammise. «La metà delle volte mi chiedo cosa diavolo sto facendo. Ho iniziato come antileader. Ero alfa per via della mia stazza e forza, ma non avevo alcun interesse a guidare. Non volevo essere come mio padre.» Non riuscì a trattenere la nota di amarezza che gli salì nella voce quando menzionò suo padre.

«Com'era?» chiese dolcemente.

Lui si irrigidì, l'istinto automatico di chiudere quella linea di domande gli era così familiare. Ma la conversazione sembrava importante. Il momento aveva un peso. Ed era così dannatamente stanco del tira e molla tra lui e Melissa che non voleva più tornarci.

«È un duro. Mi ha cacciato dal branco a sedici anni per qualcosa che non avevo nemmeno fatto.»

Il respiro di Melissa si era fermato. Gli passò una mano sul petto, le unghie raschiavano i peli e gli facevano venire i brividi lungo le braccia. «Cosa pensava che avessi fatto?»

«Una ragazza è rimasta incinta. Ha abortito e i suoi

genitori lo hanno scoperto. Ha detto loro che ero io il padre.»

La mano di Melissa si fermò. «E non lo eri?»

Si strofinò il viso e sospirò. «No. Ma avevo fatto sesso con sua sorella maggiore, che è probabilmente ciò che le ha fatto pensare di farmi fuori. Ammetto che ero un diavolo. Gli ormoni dei mutaforma sono peggiori di quelli di un umano e i miei erano in subbuglio. Non riuscivo a stare lontano dai guai. Mio padre e io eravamo sempre in disaccordo, quindi immagino che sia stata la goccia che ha fatto traboccare il vaso per lui.»

«Cosa hai fatto?»

«Non avevo più di dieci dollari nel portafoglio e i vestiti che indossavo. Sono corso a quote più basse. Sono cresciuto a Estes Park. L'intera popolazione della città è composta da mutaforma, scommetto che non lo sapevi.» Sorrise, voltandosi per guardarla.

Il sorriso che gli fece in risposta gli fermò il cuore. «Non ne avevo idea.»

«Ho vissuto come un lupo allo stato brado per alcune settimane, cacciando per procurarmi del cibo. Ma è pericoloso rimanere in forma di lupo troppo a lungo. Perdi la testa, diventi selvaggio. Alla fine sono andato in autostop a Greeley e ho trovato un lavoro in un ranch lì. Poi ho trovato la mia strada in una squadra di costruzione.»

«E poi ti sei trasferito qui?»

«Sì. Otto anni fa. C'erano solo cinque mutaforma qui allora. Il branco è ancora piccolo.»

«Hai più visto tuo padre da allora?»

Gli si strinse la gola. «Sì. Lui sa che sono qui. Sono tornato a casa un paio di volte per vedere i miei fratelli. È stato un incontro carico di tensione, ma siamo sopravvissuti.

Vuole che porti il mio branco ai giochi che organizzano quest'anno.»

«Lo farai?»

Scrollò le spalle. «Non voglio, ma ci sto pensando. Potrebbe essere bello per il branco, incontrare delle femmine per accoppiarsi.»

L'espressione aperta di Melissa si fece cupa e lui desiderò di non averlo detto. «Non per me» si corresse rapidamente. «Non ho alcun interesse ad accoppiarmi al momento.» Ma non era vero. Aveva un sacco di interesse, ma solo ad accoppiarsi con la piccola umana accanto a lui.

Pensò a suo padre e al suo branco di quasi mille lupi. Era sempre stato teso e arrabbiato. Sempre alle prese con qualche crisi.

«Sinceramente, l'ho odiato per molto tempo, ma credo di poter capire quanto dev'essere stato imbarazzante che il figlio dell'alfa facesse il pazzo. Non c'è da stupirsi che mi abbia cacciato.»

«Ma non l'avevi fatto» sbottò Melissa, appoggiandosi sull'avambraccio. «Perché dovrebbe credere alla parola di qualcun altro piuttosto che a quella del proprio figlio? E a chi importa se lo hai messo in imbarazzo? Dovrebbe preoccuparsi di più di te che di fare bella figura di fronte al suo branco.» Qualcosa si spostò nel petto di Cody. Qualcosa che era stato a lungo congelato e immobile si spostò. Non riusciva a parlare, a superare il nodo che aveva in gola. La difesa appassionata di Melissa era troppo dannatamente bella. E molto probabilmente immeritata. «Ha mai creduto che non fossi stata tu?»

«Sì. Penso che la ragazza si sia fatta avanti dopo che ero stato bandito. Il senso di colpa la gravava, sai. O forse ha smesso di preoccuparsi di proteggere chiunque l'avesse messa incinta. Mia sorella minore ha provato a cercarmi, allora, ma sono rimasto nel mondo degli umani, dove non avevano contatti. Solo quando si è sparsa la voce di un piccolo branco a Colorado Springs hanno capito cosa mi fosse successo.»

«Dovresti perdonarlo.»

* * *

Non avrebbe dovuto dirlo. Non erano affari suoi.

La testa di Cody si sollevò di scatto per la sorpresa.

«Io non lo perdonerò, ma tu dovresti farlo. Sembra uno stronzo, ma è pur sempre tuo padre.»

Gli occhi di Cody le tracciarono il viso e per la prima volta, vide sincero affetto. Sorrise. «Lo prenderò come un consiglio, dottor Phil.»

Lei rise. «Beh, se non lo fai, dipenderà solo da te, non da lui. Diventerà un tuo limite.» Sì, stava facendo la dottoressa da talk show, ma per caso sapeva molto su come superare un trauma e andare avanti con la propria vita.

«Cosa ne sai?»

Scrollò le spalle. Non voleva davvero entrare in tutta questa faccenda della sindrome da stress post traumatico ora. Non quando si sentiva così bene sdraiata tra le braccia di Cody. I suoi arti erano deboli e gommosi per i due orgasmi ed era fatta di tutti i tipi di endorfine. Il culo le pulsava ancora per le frustate, quella parte era stata orribile, ma ora non le importava degli effetti collaterali. Il calore e il bruciore si mescolavano in qualche modo alle scosse di assestamento dei suoi recenti orgasmi, rendendo il dolore quasi piacevole.

Lui le tirò una ciocca di capelli. «Ho dei modi per farti parlare.»

«Oh, sì?» La voce suonò senza fiato, seducente. Per niente come aveva voluto. «Quale tortura sarebbe?»

«Orgasmi forzati. Per tutta la notte. La mia lingua sul clitoride, il pollice nel culo, possederti finché non mi implorerai e supplicherai di smetterla.»

Il verso strozzato che le uscì dalla bocca fu un tentativo fallito di ridere, ma il corpo si riscaldò, i capezzoli si irrigidirono, la figa divenne scivolosa e calda. Poiché onestamente non pensava di poter sopportare altri orgasmi, optò per la verità.

«Ho avuto un trauma l'anno scorso. Alcuni nemici di Ben mi hanno rapita per ricattare mia sorella e rovinarlo. Jeremy ne ha fatto parte, gli devo la vita.» Cody si era irrigidito alla menzione di Jeremy, ma non aveva parlato. «Ho avuto incubi per un po'. Quando sono andata da uno psicologo, abbiamo lavorato sul perdono. I tizi che mi hanno rapita sono morti, quindi non c'era il problema di dover fare giustizia. Lo psicologo pensava che se fossi riuscita a perdonare tutti i coinvolti, avrei potuto liberarmi da...» Si interruppe.

Cody si voltò e si appoggiò su un gomito. «Da cosa?»

Le bruciava il naso. Non voleva piangere, non quella sera. Non ora. «Dal sentirmi una vittima. Dal sentirmi impotente.»

Cody rimase molto immobile, le sopracciglia aggrottate. «Ti è stato d'aiuto?»

Lei annuì. «Sì. Credo di sì.»

«Spero... Gesù.» Cody si strofinò il viso. «Per favore, dimmi che non ti ho fatto sentire così.» L'espressione affranta sul suo viso le trasformò le viscere in una melma calda.

Gli toccò il viso. «Nemmeno una volta. Mi sono sentita forte e sfacciata a discutere con te. Ed eccitata. Soprattutto, mi sentivo eccitata.» Abbassò gli occhi, improvvisamente timida.

Il sorriso di Cody gli scaldò il viso. Le afferrò la mascella in modo autoritario e le tirò il viso verso il suo. «Penso che tu sappia che il sentimento è reciproco, tesoro» ringhiò prima di attaccarle la bocca.

Capitolo dieci

Cody non pensava che avrebbe dormito sdraiato accanto a Melissa, sapendo che era senza mutandine sotto la sua maglietta logora, ma si svegliò quando lei si alzò dal letto.

La prese automaticamente. Il suo corpo non voleva essere separato da quello di lei.

«Torno subito.» Il suo sorriso era dolce e tenero. Amava questo lato di lei, quasi come amava la ragazza vivace e schietta che aveva incontrato per la prima volta.

Si diresse lentamente verso il bagno, poi tornò con la corda in mano.

«Vuoi che ti leghi di nuovo?» la prese in giro, intrecciando le dita dietro la testa mentre era sdraiato sulla schiena.

Sfoggiava un'espressione giocosa, una che non le aveva mai visto prima e che gli piaceva decisamente. Gli si avvicinò. «Ti legherò io.»

Lui scosse la testa. «Mi dispiace, tesoro. Non succederà.»

Sembrava preparata a quella risposta, che aveva ascoltato solo a metà mentre gli slacciava i jeans e abbassava la cerniera. Il cazzo, perennemente duro quando era intorno a lei, balzò fuori.

«Peccato» fece le fusa, prendendo il cazzo nella mano delicata e chiudendo le dita intorno alla base. «Perché stavo per succhiartelo. Ma non se rischi di perdere il controllo...» Sbatté le ciglia.

Strinse le cosce per il piacere del suo tocco e lui gemette. Sì, voleva il pompino. E sì, rischiava di perdere il controllo. Ma dubitava che una piccola corda lo avrebbe trattenuto se si fosse arrivati a quel punto. Chiuse gli occhi, spingendo di nuovo giù il lupo e prendendo diversi respiri purificatori.

«Okay. Fallo» gracchiò e le offrì i polsi. «Spero che tu sappia fare un buon nodo, piccola, o verrai scopata fino ad essere lanciata nella prossima galassia.»

Le tremò il respiro, e anche le mani mentre avvolgeva la corda intorno ai suoi polsi. Fece un semplice nodo, poi si fermò e lo sciolse. «In realtà, non so fare i nodi. Sarei una pessima boyscout.» Era così dannatamente carina. Sorrise e scosse via gli anelli di corda e formò rapidamente un paio di manette di corda. «Tieni queste.» Quando lo fece, lui infilò le sue grandi mani attraverso gli anelli. «Ora tira l'estremità libera finché non sono strette. Ecco fatto. Ora attacca l'estremità alla testiera.»

«Avrei dovuto sapere che saresti stato autoritario anche mentre ti legavo.»

Le rivolse un sorriso malizioso. «Credici, tesoro. Sono sempre io al comando, che i miei polsi siano avvolti in una corda o no.»

Lei sorrise dolcemente. «Vedremo.»

Sospettò, allora, di essere spacciato. Ne fu certo quando lei si tolse la camicia da notte e gli mostrò la vista appetitosa dei seni sodi con i capezzoli color pesca induriti.

«Stringi i capezzoli» gracchiò, il cazzo teso, gli occhi incollati alle punte indurite.

Lei esitò, come se stesse valutando se accettare ordini da lui quando era chiaro che stava cercando di prendere il comando, ma sembrava che ciò che lui aveva sospettato di lei fosse vero: le piaceva servire. Sottomissione e resa erano naturali per lei, anche se pensava di doverci combattere.

Fece scivolare le piccole mani sui fianchi per strizzarsi i seni.

«Pizzicali.» Sembrava disperato.

Lei si inumidì le labbra mentre obbediva e lui gemette, muovendo i fianchi. La corda in realtà lo aiutò perché quando lui tirò le mani, il morso sulla sua pelle gli ricordò perché era legato.

«Leccane uno. Puoi? Puoi succhiarlo?» Guardare una donna succhiare qualcosa lo eccitava, e c'era qualcosa di così sporco nel fatto che lei si succhiasse.

Melissa si prese il seno e lo sollevò verso la bocca, estendendo la sua gloriosa lingua rosa per circondare il suo capezzolo, poi lo succhiò in bocca.

«Oh, Gesù-cazzo!»

Si mise a cavalcioni sulle sue gambe e abbassò la bocca sul cazzo, con gli occhi incollati al suo viso. C'era qualcosa di così erotico in quella mossa: il fatto che lei gli stesse guardando il viso, la sua reazione così da vicino lo rendevano molto più intimo. Così sexy.

Spinse i fianchi in avanti nel momento in cui le labbra atterrarono sulla cappella e quando lei leccò intorno al bordo, tirò le corde così forte che la struttura del letto tremò. Sperò che la corda si rompesse prima del letto, perché l'aveva intagliato lui stesso.

Lo prese in gola.

Anzi no. Non gli importava cosa si sarebbe rotto per primo, purché si rompesse subito. I suoi occhi avevano cambiato colore, il bisogno gli bruciava ardente nel ventre. La stanza girava e si offuscava, la sua attenzione era rivolta solo all'erezione tesa e alla sua bocca calda e umida.

La corda si spezzò.

Vagamente, registrò il volto sciocc ato di Melissa, ma l'odore della sua eccitazione gli riempì le narici, l'ebbrezza completa. Si lanciò in avanti e la prese per la vita, sistemandola a quattro zampe e spingendole il petto sul letto in modo che il culo rimanesse in aria. La corda era ancora avvolta intorno ai suoi polsi, le estremità strappate svolazzavano mentre le afferrava i fianchi e spingeva i testicoli in profondità nel suo delizioso calore.

«Cody» Sembrava allarmata, ma la cosa lo eccitò solo. «Preservativo! Hai dimenticato il preservativo» ansimò.

Imprecò forte. Sembrava più un ruggito di rabbia, ma si costrinse a uscire da lei, tirò fuori l'intero cassetto del comodino e afferrò un pacchetto di stagnola. Lo strinse con i denti e lo aprì strappandolo e inguainando la sua lunghezza.

Melissa, la sua bellissima compagna, rimase nella posizione in cui l'aveva messa, in attesa. Lo voleva. Quella consapevolezza alimentò ancora di più la sua lussuria. Il senno gli tornò marginalmente, le allungò la mano intorno ai fianchi e le accarezzò la fessura. «Sei così fottutamente bagnata per me» ringhiò in segno di approvazione. «Sei sempre bagnata per me, vero?»

Le schiaffeggiò il clitoride.

«Sì» ansimò lei.

«Eri così bagnata per lui?» Non avrebbe dovuto chiederglielo, non aveva intenzione di portare il suo fottuto ex nello spazio tra loro, ma ora che l'aveva detto, aveva bisogno di saperlo.

«No, mai.» La sua voce roca rispose immediatamente, senza esitazione, e il suo lupo interiore fece il moonwalk per la camera da letto.

Le diede di nuovo uno schiaffo al clitoride. «Mi permetterai di scoparti?» Era un po' tardi per chiedere il permesso, ma ora che la lucidità era tornata, aveva bisogno di essere sicuro che lei non avesse paura di lui.

«Cody, ora. Ho bisogno di te ora.»

Si spinse dentro di lei e i suoi sensi esplosero. Il tempo scomparve. La scopò forte e veloce, tenendole i fianchi per sostenerli alle sue spinte martellanti. Voleva che durasse per sempre e aveva bisogno che finisse il prima possibile. La stanza divenne bianca mentre lo sperma gli scendeva lungo l'asta. Si seppellì in profondità e venne con un brivido.

* * *

I muscoli interni di Melissa si contrassero e si strinsero attorno a Cody a ondate e le luci le sfrecciarono davanti agli occhi come una pioggia di meteoriti. Cody si tirò fuori e la girò sulla schiena, come se non pesasse nulla.

Il suo aspetto disumano la fece urlare. Gli occhi erano azzurro pallido e i canini si erano allungati in punte affilate. Si lanciò su di lei.

Per marchiarla.

Lei iniziò a indietreggiare, a ritrarsi, ma ricordò il suo avvertimento della loro prima notte insieme.

Non scappare mai da un lupo eccitato. Soprattutto non da un alfa.

Al contrario, lo bloccò, piantandogli il piede nella

pancia e puntellando la gamba. «Cody» pregò, sperando che ritrovasse il controllo.

La sua mano trovò il piede e lo afferrò, guardando in basso e aggrottando la fronte. Gli occhi si fissarono sui suoi e vi si bloccarono. Trasse due respiri profondi e le iridi tornarono grigie, le zanne scomparvero.

«Mi dispiace. Mi dispiace, principessa.» Lui si lasciò cadere accanto a lei sul letto, la prese tra le braccia e le baciò la tempia e i capelli.

Il sollievo si mescolò a qualcosa di più complesso, l'intensità di quanto amasse essere la destinataria dell'affetto di Cody, e gli occhi le si riempirono di lacrime.

Cody si irrigidì accanto a lei, anche se non c'era modo che li avesse visti: il suo viso era sepolto nei capelli. Sollevò di scatto la testa e la fissò mentre lei sbatteva le palpebre per respingere le lacrime.

«Ti ho fatto male?» sussurrò con voce roca, le sopracciglia abbassate.

Lei scosse la testa e lo tirò giù per un bacio.

Lo ricambiò, le labbra si mossero dolcemente sulle sue, mordicchiandole il labbro inferiore mentre si allontanava. «Ho sentito l'odore delle tue lacrime.» Non avrebbe lasciato stare. «Mi dispiace.» Le appoggiò una mano sulla vita e si sollevò sull'altra, guardandola dall'alto in basso. «Ti ho spaventata, vero?»

«No, sto bene. Mi hai spaventata un po'. Faceva male, ma in senso positivo.» Oh, diavolo, stava arrossendo? Era vero, la figa si sentiva completamente martellata, la sua parete interna malconcia, ma amava la sensazione di essere stata usata. Una beatitudine orgasmica le scorreva ancora attraverso gli arti.

Sciolse le estremità rotte della corda che pendevano

ancora dai suoi polsi, come se si fosse appena reso conto abbastanza delle sue appendici da notarle.

«Hai fame, tesoro? Conosco questo fantastico negozietto con i migliori panini alla cannella che tu abbia mai assaggiato.»

Lei gli sorrise. Questo Cody, quello gentile e premuroso, la faceva impazzire. Era davvero lo stesso rozzo tirapiedi che parlava sporco? Guardò i suoi muscoli tatuati flettersi mentre scendeva dal letto e si metteva i vestiti. Sì, era lo stesso tizio. E se fosse stata sincera, avrebbe ammesso che amava da morire il parlare sporco. Soprattutto perché lui lo sosteneva con le azioni più hot che avesse mai avuto. Frustate incluse.

Saltò giù dal letto. «Faccio solo una doccia veloce.»

Lui si guardò alle spalle e poi si immobilizzò, le palpebre si abbassarono a mezz'asta, l'espressione tornò a essere affamata. «Non uscire senza vestiti» la ammonì.

La sua risata si trasformò in uno strillo quando lui finse di lanciarsi verso di lei.

«Dico sul serio. Ti terrò legata a quel letto tutto il giorno, tesoro» le gridò dietro.

Lei si vide nello specchio del bagno e si fermò, vedendo il suo riflesso con occhi nuovi. Le sue guance erano arrossate dall'eccitazione. Il corpo, sebbene non lo avesse mai considerato niente di così speciale, mostrava ancora i segni del suo possesso: i segni delle dita sui fianchi, qualche segno sul sedere per le sculacciate della sera prima. Il ricordo di quella punizione le fece vibrare palpiti di eccitazione nel ventre. Le aveva davvero sculacciato la figa?

Lei era sempre stata una che amava il sesso: sua sorella l'aveva definita una da appuntamenti seriali prima di Jeremy, ma Cody la faceva sentire desiderabile, come una vera dea del sesso.

Fece una doccia veloce e si vestì con il cambio che aveva messo nella bisaccia di Cody. Non trovando un asciugacapelli, non si preoccupò di chiedere a Cody, sapendo che l'avrebbe solo presa in giro.

«Pronta, bella ragazza?» Cody aveva pulito il posto e sistemato le loro cose. Le porse il casco da motociclista.

Ecco come sarebbero finiti i suoi capelli. Lo prese senza fare commenti. Cody le porse la giacca di pelle perché la indossasse. Non poté fare a meno di alzare le sopracciglia per la sorpresa prima di accettare il suo aiuto. «Sì, lo so. Non pensavo che lo avrei fatto, neanche io.»

Sembrava un po' imbarazzato?

Scivolò sulla moto dietro di lui e gli avvolse le braccia intorno alla vita. La salita in montagna il giorno prima era stata straziante. Aveva avuto la sensazione che Cody avesse guidato la Ducati veloce e libera apposta per scuoterla. Quel giorno, mostrò moderazione, accelerando lentamente, non inclinando troppo la moto in curva.

Serpeggiarono lungo strade di montagna non segnalate, su e giù per le colline finché non raggiunsero un piccolo buco nel mercato murato, nascosto in una collina nel mezzo del nulla. Un ceppo di legno scolpito a forma di orso si trovava vicino alla porta.

Si tolse il casco e si pettinò i capelli con le dita. Una coppia di anziani li accolse quando entrarono e Cody si diresse dritto al bancone per ordinare due panini alla cannella. Prese un piccolo cartone di latte dal bancone dei latticini e pagò tutto alla cassa vecchio stile.

La riaccompagnò fuori. Non c'era un posto dove sedersi, quindi rimase in piedi mentre lei si appollaiava sul sedile della motocicletta. Cody tirò fuori uno dei panini per la colazione dal sacchetto di carta e glielo portò alla bocca.

Era enorme, troppo grande per stare in bocca, quindi la

glassa al formaggio cremoso le ricoprì le labbra quando tentò di morderla.

Il divertimento increspò gli occhi di Cody, ma il modo in cui le fissava le labbra le fece accendere il calore tra le gambe. Lui non mangiò, sembrava interessato solo a darle da mangiare.

«Hai ragione. Questi sono i migliori panini alla cannella che abbia mai mangiato.»

«Dillo di nuovo» la prese in giro.

«Cannella?» finse di essere innocente.

Lui si avvicinò e le accarezzò la nuca con una mano. «Dillo, tesoro.»

In qualche modo, la semplice battuta divenne sensuale. Il pollice le accarezzò il labbro inferiore.

Lei lo prese in bocca e lo succhiò, forte.

Cody gemette, sembrava soffrire.

«Hai ragione» sussurrò, sapendo di aver ribaltato la situazione.

Lui chiuse gli occhi, come se stesse riprendendo il controllo, poi aprì il cartone del latte e lo tracannò tutto.

Lei tirò fuori il telefono usa e getta dalla borsa e controllò il campo.

Cody aggrottò la fronte. «Chi devi chiamare?»

«Il mio capo. Per dirgli che stasera non posso andare al lavoro.» Quando il suo labbro si arricciò per l'incredulità, spiegò: «Al nightclub dove faccio la barista.»

Lo shock fece alzare le sopracciglia di Cody fino all'attaccatura dei capelli. «Fai la barista?» il tono risuonò di incredulità.

Premette i tasti con il pollice. «Sì. Lavoro lì da quando avevo diciotto anni. Pensavo di poter smettere quando fossi diventata agente immobiliare, ma non guadagno ancora abbastanza.» Scrollò le spalle mentre Cody aggrottò la fronte.

Harry, il suo capo, non rispose, così lasciò un messaggio dicendo che sua madre era malata e riattaccò.

«Fai la barista?» Sembrava ancora sorpreso.

«Che c'è? Pensi che non sappia cosa sia il duro lavoro? Mi mantengo da quando sono andata al college. Sono buoni soldi. Ci pago l'affitto, perché Dio sa che Jeremy non l'ha mai fatto.»

L'espressione accigliata di Cody era tornata con tutta la sua forza. «Cosa ci hai visto in quel tizio?»

Scosse le spalle e distolse lo sguardo, non volendo litigare con lui.

«No, davvero.» Le afferrò la mascella e le voltò il viso verso il suo. «Dimmi cosa ci hai visto in lui. Devo saperlo.»

Si morse il labbro inferiore. «Ricordi che ti ho raccontato di essere stata rapita l'anno scorso?»

«Sì.»

«Beh, Jeremy era uno dei miei rapitori. Lui e un amico hanno flirtato con me al bar e sono tornata a casa con loro dopo il lavoro.»

Cody aveva un'aria omicida. «*Ti ha rapita?* Lo ucciderò a mani nude quando troveremo quel piccolo bastardo.»

«Non sapeva in cosa si stesse cacciando. Il suo amico gli aveva appena offerto un paio di centinaia di dollari per portarmi a letto. Una volta che mi hanno presa, la cosa è diventata più seria, e poi è diventato un prigioniero anche lui. È scappato ed è tornato a prendermi. Mi ha liberata prima che potessero uccidermi. Quindi vedi, gli devo la vita.»

Cody dilatò le narici e serrò i pugni. «Capisco. Quindi tutto quello che devo fare per conquistarti è rapirti e poi liberarti?»

Gli diede una spinta sul petto fermo. «Non è divertente.»

«Nemmeno io sto ridendo. Sto seriamente per pestare a sangue quel tizio.»

«No, non stai ridendo. Non hai sentito cosa ho detto? Mi ha salvato la vita.»

«Penso che il favore, se così si può chiamare, sia già stato ripagato. Ma per la cronaca, non credo che tu possa dire che ti ha salvato la vita quando è stato lui a metterla in pericolo in primo luogo.»

Incrociò le braccia sul petto. Le lacrime erano alle porte, non perché fosse preoccupata per la vita di Jeremy, come avrebbe dovuto essere, ma perché Cody stava prendendo in giro il suo personale senso dell'onore.

«Non lo ucciderò se per te significa così tanto, ma gli farò sicuramente il culo se Rabago non lo finirà per primo.»

Una lacrima le colò dall'angolo esterno dell'occhio. «Perché è tutta aggressività con voi lupi? Pensate di poter risolvere tutto con la violenza. Non c'è da stupirsi che quella donna che abbiamo visto nel condominio si nasconda. Nessuno è al sicuro con voi ragazzi.» Si rese conto dell'effetto della sua tirata su Cody troppo tardi. Era impallidito, gli occhi spalancati. Un muscolo gli sussultava nella mascella.

Aveva toccato un nervo scoperto. Non lo intendeva davvero, affatto. Non capiva la cultura dei lupi e l'aggressione fisica la sconvolgeva, ma non avrebbe dovuto giudicare. Paragonarlo a chiunque avesse abusato di quella femmina era sbagliato. Cody non era spaventoso. Poteva anche voler imporre la sua volontà con una piccola punizione, ma finiva sempre con del sesso bollente.

«Qualunque cosa sia successa a quella femmina è totalmente fuori dalla norma. I lupi proteggono le loro femmine e i cuccioli a tutti i costi. Morirei per tenerti al sicuro. Ho fatto quella promessa a tuo cognato. Mi dispiace se è troppo aggressivo per i tuoi gusti, principessa.»

Appallottolò il sacchetto di carta e il cartone del latte e li gettò in un bidone della spazzatura, salì sulla moto e la avviò.

«Cody, mi dispiace. Non sono abituata al tuo mondo. Non dovrei giudicare.»

Le sue spalle si ammorbidirono e lui prese il casco e glielo mise in testa.

«Immagino di essermi sentita giudicata da te. Sai, per il fatto di essere stata con Jeremy.»

Cody appoggiò la fronte al casco e le passò una mano intorno alla nuca. I loro respiri si mescolarono. «No, ho capito. Sei leale. Ma non posso fare a meno di sentirmi protettivo. Vorrei ancora uccidere quel bastardo per te. Ma non lo farò.»

Capitolo undici

La mattina dopo, Melissa scorse i nuovi annunci di case sul sistema immobiliare principale. Dopo un altro giro bollente sotto le coperte, Cody era andato al lavoro. Ben aveva scritto un messaggio dicendo che aveva trasferito quindicimila dollari sul conto di Cody e che sarebbero andati direttamente a Colorado Springs venerdì, sperando di arrivare prima dell'incontro con Rabago, che quest'ultimo aveva fissato per venerdì sera in un terreno abbandonato ai margini della città.

Doveva assicurarsi che anche Jeremy fosse a quell'incontro, altrimenti Rabago avrebbe continuato a cercarlo. Aveva un'idea di dove potesse essere. Aveva un cugino che viveva a Denver. Forse era andato lì per nascondersi. Gli aveva scritto un messaggio per parlare dei soldi e dell'incontro, ma non aveva ancora ricevuto sue notizie. Per distrarsi mentre aspettava una risposta, stava scorrendo i nuovi annunci. La sua attenzione si concentrò su un nuovo annuncio nel quartiere Old North End. *Una casa di CJ Steele!* L'eccitazione le scorreva nelle vene mentre esaminava i dettagli. La casa era a soli due isolati da quella di Cody, il che significava che probabilmente avrebbe potuto sgattaiolare fuori e dare un'occhiata senza che lui si accorgesse mai della sua assenza. Rabago non l'avrebbe trovata, non in un tragitto così breve. Anche se Cody l'avesse scoperto, ne sarebbe valsa la pena. Cavolo, avrebbe gradito quel tipo di interazione con lui dopo il trattamento freddo e distaccato che aveva ricevuto il giorno prima.

Prese il cellulare usa e getta e chiamò quell'idiota dell'agente immobiliare Brad Johnson per manifestare il suo interesse. In qualche modo riuscì a sembrare annoiato e condiscendente, dandole il codice della chiave, ma comportandosi come se sapesse che la casa era fuori dalla sua fascia di prezzo. E lo era, almeno nella fascia che si sentiva a suo agio a prendere in prestito da suo cognato.

Vestita con una gonna e una camicetta nel caso in cui avesse incontrato altri agenti immobiliari mentre era lì, si infilò i tacchi e uscì dalla porta sul retro di Cody, nel caso in cui qualcuno la stesse sorvegliando. Il che era altamente improbabile. Se Rabago avesse saputo dove si trovava, avrebbe già sfondato la porta. Camminò con decisione sul marciapiede, facendo lunghe falcate e godendosi il caldo sole estivo. Notò subito la casa. Come tutte le case di CJ Steele, il cortile era impeccabilmente curato con alberi, arbusti e fiori autoctoni, la casa brillava di vernice blu cobalto, che faceva risaltare i vecchi mattoni. Utilizzando la tastiera della cassetta di sicurezza elettronica Supra, l'aprì e recuperò la chiave. Spinse la porta, entrò e sorrise.

Bellissima.

Pavimenti in legno duro. Pareti in mattoni a vista. Ogni dettaglio era perfetto, come sapeva che sarebbe stato. Girò l'angolo verso la cucina e si fermò di colpo con un sussulto.

Cody si voltò dalla finestra con un pennello in mano, evidentemente per ritoccare un ultimo tocco di vernice. Si raddrizzò quando la vide.

«Cosa ci fai qui?» balbettò. Ovviamente, avrebbe dovuto essere lui a fare quella domanda, ma lei doveva dire qualcosa.

Lui si avvicinò al lavandino e sciacquò il pennello. «Potrei chiederti la stessa cosa, principessa.»

«Lo so, mi dispiace. Ma è una casa di CJ Steele, ed è appena uscita sul mercato oggi. Sognavo di averne una da anni, e questa è la mia occasione. Non volevo perdermela.»

Cody non aveva alzato lo sguardo dal lavandino, quindi continuò con la sua spiegazione. «Inoltre, era vicinissima. Insomma, vivi solo a un paio di isolati di distanza. Sono stata attenta. Voglio dire, non c'era nessuno a controllarmi o cose del genere.»

Finì con il pennello e pulì il lavandino con uno straccio, lucidando il rubinetto e le maniglie in alluminio spazzolato prima di appoggiare spazzola e straccio su un vassoio da lavoro.

«Sei nei guai, tesoro. È tutto quello che ho da dire.»

Il ventre le svolazzò. Nonostante le sue proteste, in realtà amava la loro danza di dominio e sottomissione. «Davvero?»

Lui andò a una finestra per chiudere le persiane. «Penso che la punizione sulla scena del crimine sia la più appropriata.» Rimosse la bacchetta di plastica e se la schiaffò nel palmo come un insegnante vecchio stampo che agita un bastone. Sollevò il mento verso il bancone di cemento lucido. «Mani sul bancone. Culo in fuori.»

La figa si contrasse. «Cody, potrebbe entrare qualcuno.»

«Non lascerò che qualcuno ti veda, lo prometto. Ho

l'udito da mutaforma. Noterei chiunque arrivi molto prima che possa avvicinarsi alla porta. Ma pensa solo: ci sarebbero potute essere conseguenze ben peggiori se fossi uscita di casa. Qualcuno avrebbe potuto vederti. Qualcuno avrebbe potuto prenderti e torturarti, mutilare il tuo corpo e gettarlo come messaggio per il tuo ex.»

Rabbrividì e lo fulminò con lo sguardo per aver reso la sua descrizione così estrema.

«Questa conseguenza sarà mite, in confronto.» Il familiare luccichio di fame apparve sul suo viso e lei arrossì di calore. Se a Cody piaceva, sapeva che sarebbe piaciuto anche a lei. Dopo che l'avesse fatta soffrire un po'. E soffrire per il piacere di Cody in qualche modo non la infastidiva tanto quanto pensava avrebbe dovuto. In effetti, l'idea le aveva fatto indurire i capezzoli sotto la camicetta, le mutandine si erano inumidite.

La grande mano di Cody le batté sul sedere e rimase lì. Strinse.

Il respiro le uscì dalla gola in un impeto.

Entrambi i palmi abbracciarono le sue cosce nude e scivolarono verso l'alto, trascinando la sua gonna.

La figa si contrasse, il calore le inondò il bacino e le scese lungo le gambe.

Quando le sollevò la gonna sopra la vita, agganciò i pollici all'elastico delle sue mutandine e gliele fece scendere fino alle caviglie.

«Stavolta starai ferma per me, tesoro.» Anche se le parole suonavano ruvide, la sua voce le accarezzò il corpo, covando calore, lasciandola bruciata e cruda.

Lo voleva. Lo voleva, per quanto folle fosse. Ne aveva bisogno, lo desiderava.

Si appoggiò sugli avambracci e spinse il culo verso di lui.

La bacchetta emise un sibilo mentre fendeva l'aria. Quando colpì la pelle nuda, lei urlò. La sottile linea di impatto bruciò come il fuoco.

Cody la fece oscillare di nuovo e colpì appena sotto la prima linea. Lei lasciò uscire un gemito. «Sei stata cattiva, baby.» La voce profonda di Cody sembrava raggiungerla direttamente. Le parole grondavano di suggestione. «Inarca la schiena, mostrami quel culo.»

Whap. Un'altra linea di fuoco. Lei ballò sui piedi.

«Allarga le gambe. Più lontane.» La sua voce era bassa e vicina questa volta.

Allargò la posizione.

Lui utilizzò l'attrezzo simile a un frustino un'altra volta.

Quando aprì gli occhi (non ricordava di averli chiusi), il suo respiro continuava a uscire a singhiozzi.

Sentì il tocco di qualcosa di freddo e duro tra le gambe e sussultò. Cody vi aveva infilato la bacchetta e le aveva strofinato la figa bagnata. «Ami le mie punizioni.» C'era un tono accusatorio nella sua voce e lei sapeva che stavano parlando della conversazione del giorno prima.

«Sì.» Non aveva senso mentire. Aveva bisogno di qualcosa da lui ora, disperatamente.

Lui le avvolse le dita nei capelli e le tirò indietro la testa. La bacchetta continuò a sfiorarle lentamente il clitoride. «Però non ti piace obbedire.»

* * *

L'odore dell'eccitazione di Melissa riempì la stanza, mandando brividi su tutta la pelle di Cody, facendogli ispessire il cazzo nei jeans.

«Se fossi la mia compagna, farei seguire quella sculacciata con una lunga, dura scopata punitiva.»

Spalancò gli occhi. Si inumidì le labbra e la vista della sua lingua lo fece quasi impazzire. «Che cos'era?» Si chinò e le morse il lobo dell'orecchio. «È lì che ti scopo finché non urli il tuo rilascio e poi ti giro e ti scopo il culo finché non dimentichi il tuo nome.»

Lei barcollò sui suoi piedi. «Cody» sussurrò con voce roca, «le mie gambe non mi reggeranno.»

Non poté evitarlo: era tornato in modalità esplicitamente volgare. «Forse perché dovresti stare in ginocchio.»

Si aspettava di vedere irritazione o disgusto sul suo viso, ma lei tenne gli occhi fissi e si abbassò sulle ginocchia. Inspirò scioccato. Le sue dita slacciarono il bottone dei jeans e spinsero la cerniera verso il basso finché il cazzo non balzò libero.

Non perse tempo a piazzare il pugno alla base del suo cazzo e a prenderlo in bocca.

Lui rabbrividì di piacere.

Succhiò forte e fece oscillare la cappella dentro e fuori velocemente. Poi lentamente, deliberatamente, lo prese fino in fondo alla gola e di nuovo fuori.

Le sue cosce tremarono. «Ecco, tesoro. Mostrami quanto ti dispiace.»

Si staccò e lo leccò per un lungo tratto dalle palle alla cappella, poi intorno al bordo.

Lui intrecciò le dita nei suoi capelli e la spinse in avanti.

Spalancò gli occhi per la sorpresa, così lui si fermò prima di colpirle la parte posteriore della gola. Afferrandole la testa con entrambe le mani, la tenne ferma e le pompò la lunghezza nella bocca, usandola come un buco per il cazzo.

Le piaceva. Lui colse un'altra folata del suo bellissimo muschio.

Chiuse gli occhi, il suo autocontrollo svanì. Gli conficcò le unghie nelle cosce.

«Sto per venire» la avvertì prima di venire come una navetta spaziale che si lancia verso la luna.

Lei tenne le labbra chiuse attorno al cazzo, prese il suo seme e lo ingoiò.

Accidenti. «Melissa, è stato incredibile.»

Si staccò e gli morse la coscia.

Gli si incupì la vista immediatamente, i denti scesero. Le lupe femmine mordevano e graffiavano durante il sesso e questo attivò completamente la bestia dentro di lui.

Per evitare di marchiarla, si voltò e si allontanò di diversi passi, infilando il cazzo di nuovo nei jeans e chiudendo la cerniera.

Quando si voltò, Melissa sembrava persa in ginocchio da sola e lui si sentì uno stronzo. Si avvicinò, la prese per le ascelle e se la gettò sopra la spalla, tirandole giù la gonna e raccogliendo le mutandine da terra.

«È ora di scoparti il culo.»

«Cody.» Sembrava leggermente allarmata. «Per favore.»

Si infilò le mutandine in tasca, prese il vassoio da lavoro e uscì dalla porta principale, chiudendola a chiave dietro di sé.

«Cody, mettimi giù! Questo è sconveniente. Per favore, non portarmi in braccio così.»

Sentendo la sua disperazione, la fece cadere in piedi, poi la prese di nuovo in posizione culla. Spalancò gli occhi per la sorpresa.

«Meglio?»

Esitò, poi gli appoggiò la testa sulla spalla, contro il collo, in una mossa che gli fece diventare liquido l'interno. «Sì.»

Arrivò a casa in meno di un minuto e aprì la porta, rifiutandosi ancora di metterla giù. La portò in camera da letto, dove la fece cadere in piedi, la fece girare e le aprì la cerniera della gonna gialla attillata. Cadde sul pavimento in una pozza color pastello.

«Cody, non credo che questa sia una buona idea. Voglio dire, pensi che sia sicuro?»

Decise di non toglierle la camicetta e il reggiseno, per aiutarla a mantenere il controllo. Appoggiandole una mano sulla schiena, le piegò il busto sul letto.

«Cody, aspetta!»

Le strinse le natiche piene di piaghe. «Le cattive ragazze vengono scopate nel culo, tesoro.»

«Cody!»

Il panico nella sua voce lo fece chinare e sussurrò: «Cosa c'è che non va, tesoro? Pensi che non sappia come farti stare bene?»

La tensione nel suo corpo si allentò.

«Hmm?»

«No» concordò lei.

«Ti ho mai lasciato insoddisfatta?»

«No.»

Dopo aver recuperato una bottiglia di lubrificante dal suo armadietto dei medicinali del bagno, le massaggiò una generosa dose nell'ano, allargandolo con l'indice. Inserì un secondo dito e li mosse dentro e fuori. Con l'altra mano, le strofinò il clitoride con movimento circolare.

«Cosa succede alle cattive ragazze, principessa?»

Rispose con un gemito. Lui ritirò le dita dal suo culo, ma continuò a stuzzicarle il clitoride, usando l'abbondante lubrificazione naturale per scivolare via. Con la mano destra, le diede uno schiaffo sul culo. «Ti ho fatto una domanda.»

«Vengono sculacciate!» gridò lei.

Ridacchiò. «Sì. Ogni volta. E dove vengono scopate?»

Gemette di nuovo.

Le diede un altro schiaffo.

«Nel culo! Vengono scopate nel culo.»

«Esatto, tesoro. Vuoi che ti scopi il culo?»

Gemette. «No.»

Fermò le dita sul clitoride.

«Sì. Sì, va bene.»

«Immaginavo.» Spinse la cappella contro il suo ano.

«No-o» gemette, stringendo l'ano contro l'intrusione.

«Prendilo, tesoro» ordinò, anche se non fece alcuna pressione.

Si ammorbidì immediatamente, rilassando l'anello stretto del muscolo e permettendo al cazzo di entrare. Gemette mentre la parte più spessa della cappella spingeva oltre il suo ano, e poi si ritrovò dentro.

Si dondolò lentamente dentro e fuori di lei.

«Ung... uh... oh...» I suoi piccoli versi lo fecero impazzire.

«Prendilo» ripeté, aumentando la velocità. Le avvolse la mano sinistra intorno alla vita e le toccò il clitoride.

«Oh!» La sfumatura dell'orgasmo risuonò nel suo grido.

Le stuzzicò il clitoride, poi allungò una mano più in là e le immerse il cono delle dita nella figa. Lei strillò con entusiasmo allarmato.

«Chi ti possiede in questo momento?»

«Tu» ansimò. «Oh, per favore, è troppo!»

Lui chiuse gli occhi e lasciò che il piacere lo sopraffacesse. Il suo profumo, la stretta aderenza nel suo culo, l'umidità della figa intorno alle sue dita. Spingendo in profondità, venne con un grido.

Le mani di Melissa si abbassarono tra le gambe e lei gli spinse le dita più in profondità, le pareti interne si contrassero attorno a loro.

L'evidenza del suo orgasmo gli fece esplodere un'altra

scarica. Quando si fu esaurito, si piegò su di lei, mordicchiandole l'orecchio. Le dolci ondate di beatitudine risultanti dalla sua liberazione spazzarono via tutti i muri che aveva eretto nelle ultime ventiquattro ore per tenerla fuori. Era davvero disposto a rinunciare a questo? Non si era mai sentito così connesso, così giusto. Anche il disagio di trattenersi dal marcarla valeva il piacere di muoversi dentro di lei, di tenerla tra le sue braccia dopo. Si svincolò da lei e la prese tra le braccia, portandola nella doccia dove aprì il getto su entrambi. Melissa barcollò sulle gambe, così la tenne su con un braccio intorno alla vita, prendendola da dietro mentre lei stava in piedi di fronte al getto d'acqua. Dopo un momento, la fece ruotare delicatamente per sciacquarla, facendole scorrere le mani lungo la schiena, aprendole le natiche per lavare via il suo seme.

Intrecciò le braccia attorno al suo collo e vi si aggrappò, come se lui fosse la boa che le impediva di andare in alto mare. Le baciò la tempia, la mascella, i capelli. Si ritrovò a volerle sussurrare delle promesse, ma non gli venne in mente nulla che potesse mantenere.

Lei non gli apparteneva, non era la sua compagna. Aveva già deciso che non avrebbe funzionato tra loro. Perché allora il suo corpo sembrava così disperato nel volerla tenere?

* * *

Un'ora dopo, Cody stava cucinando alla griglia. Sembrava essere l'unico tipo di cucina che faceva, il che andava bene per lei. Aveva un aspetto dannatamente bello quando lo faceva, la maglietta aderente sui muscoli del petto, il culo sexy in quei jeans sbiaditi.

Si accorse che lei lo stava osservando dalla veranda e

sorrise. Il sorriso da ragazzino non aveva niente dell'atteggiamento arrogante che le aveva riservato quando si erano incontrati per la prima volta, la schiettezza sul suo viso era una differenza sorprendente.

Come era cambiata?

Aveva appena perso la sua verginità anale, era una cosa enorme. Ma più di questo, sembrava che avesse abbattuto i muri che aveva rifinito come una delle sue case alla CJ Steele. Strutturalmente, era rimasta la stessa, ma dentro era cambiato tutto.

Cody ammucchiò una pila di bratwurst su un piatto e le andò incontro sui gradini. La mano cadde sul suo culo e strinse.

Lei inspirò a fondo dai denti.

Non la lasciò andare, accarezzandola e strizzandola di nuovo. «Dolore, tesoro?»

Cercò di raccogliere un po' di indignazione per il suo strofinamento, ma invece accadde solo quel viscoso scioglimento della sua volontà. Resa.

Con una mano ancora sul piatto di cibo, lui le infilò le dita tra i capelli, le sollevò il viso verso il suo e le reclamò la bocca con un bacio duro e punitivo. «Dai» mormorò. «Ti darò da mangiare.»

Le avrebbe dato da mangiare.

Da quando gli uomini la nutrivano? Quando qualcuno si era preso cura di lei la metà di quanto aveva fatto lui? Sì, c'era stato il fiasco dell'abbigliamento di Walmart, ma a posteriori, ci vedeva dell'umorismo. La sua protezione e la sua cura erano arrivate prima a malincuore, ma ora era sicura che gli piacesse la sua compagnia. O forse era solo la beatitudine post-coitale a parlare.

Lo seguì dentro e lo guardò infilzare tre salsicce nei panini su un piatto e porgergliele.

«Wow, sono troppe» protestò.

Lui sorrise e ne prese due. «Sei una ragazza da una sola salsiccia, principessa?»

Gli diede una pacca sul petto. «La smetti con la tua arroganza...»

Fermò le battute con un altro bacio.

Dopo un momento si sciolse, muovendo le labbra contro le sue, permettendogli di entrare con la lingua. «La smetto» disse dolcemente quando si allontanò. «Perché non li porti sul divano?» Le porse due piatti di cibo. «Vuoi un bicchiere di vino?»

Si fermò mentre si dirigeva verso il divano. «Ne hai?» aveva visto solo Budweiser nel frigo.

Sorrise. «Potrei avere una bottiglia nascosta qui per quando voglio corteggiare una donna.»

Lei si gettò i capelli ancora umidi dietro la spalla. «È quello che stai facendo ora?»

«Forse.»

Allora perché non mi marchi?

Accidenti, voleva davvero che la marchiasse? Per trascorrere il resto della sua vita come sua compagna? Non poteva essere. Semplicemente non le piaceva il senso di inadeguatezza prodotto dalla sua determinazione a non marchiarla.

Cody si avvicinò e le porse un bicchiere di pinot nero e un sacchetto di patatine con sale e aceto, proprio come piacevano a lei.

Lo aprì di scatto e ne rovesciò una manciata su ciascuno dei loro piatti mentre lui tornava in cucina a prendere la sua birra.

«Allora ti è piaciuta la casa? Cosa hai visto?» Sorrise, probabilmente ricordando come era finita la sua visita alla casa.

«Sì. Farò un'offerta.»

«Davvero? Di quanto?»

«Beh, è un po' fuori dalla mia portata, ma farò il prezzo pieno e presenterò l'offerta stasera, altrimenti la perderò.»

La guardò incuriosito e si strofinò una macchia di senape dal labbro inferiore. «No. Dovresti fare un'offerta bassa. Offri il prezzo che puoi permetterti. Non si sa mai, potrebbe accettarla.»

Scosse la testa. «Non voglio perdere questa casa. Non capita così spesso e ho bisogno di un posto dove vivere subito. Il momento è perfetto. Inoltre, il suo agente è un idiota, ricordi? Mi riderebbe in faccia se facessi un'offerta bassa.»

Cody la fissò con un'espressione strana per un momento, poi si dedicò a mangiare il suo panino. «Sei sicura che sia la casa giusta?» chiese dopo un momento. «È piuttosto piccola.»

Sbuffò. «Come se potessi permettermi qualcosa di più grande. No, è perfetta. Proprio quello che ho sempre sognato.»

Cody sembrò pensieroso mentre inghiottiva il suo cibo, ma non disse altro.

Dopo aver mangiato, lavò i piatti e li mise ad asciugare, si versò un bicchiere di vino fresco e si sedette sul divano con il suo Chromebook per inviare a Brad Johnson l'offerta per la casa mentre guardava un film.

Cody si sedette accanto a lei, le gettò un braccio intorno alle spalle. «Cosa vuoi guardare? Scelgo io?»

Lei alzò gli occhi al cielo, ma gli passò il telecomando. Non guardava molta televisione e faceva schifo a capire cosa guardare. «Film da ragazze» disse, solo per testare la sua reazione.

Alzò entrambe le sopracciglia. «Dici sul serio?»

«Non proprio. Non mi interessa.» Aprì il Chromebook per preparare la documentazione.

«Non ti interessa? Dai, dammi più elementi con cui lavorare.»

«Sinceramente non mi interessa.»

La guardò accigliato. «E film da ragazze sia» gemette.

Capitolo dodici

Cody ritirò i soldi di Stone dalla sua banca. Si era sentito come un rapinatore, a mettere tutti quei soldi in una borsa da viaggio che aveva nascosto sotto il sedile del suo furgone.

Dopo, era andato da Starbucks. Non riusciva a credere che lo stesse facendo, ma Melissa aveva chiesto del caffè la prima mattina e lui aveva ignorato la sua richiesta ogni giorno da allora. Se lo meritava dopo aver sopportato le sue stronzate autoritarie.

Dopo il modo in cui si era arresa.

La sera prima era rimasto sveglio a fissare il messaggio del suo agente immobiliare, Brad Johnson, sulla sua offerta per la casa. Da un lato, voleva che lei l'avesse. Gli era piaciuta la sua prospettiva sul fatto che ci fosse un acquirente perfetto per una casa. Qualcuno che l'avrebbe amata tanto quanto lui. Sì, voleva che Melissa vivesse in una delle sue case.

Il problema era che non era sicuro di volerla in quella casa.

Aveva iniziato a immaginarla in una casa completamente diversa. Una che avrebbe amato ristrutturare solo per lei. E per lui. Il pensiero di tenere Melissa, marchiarla e farla sua gli faceva cantare il sangue da mutaforma. Il lupo la voleva. Al lupo non sembrava importare che lei fosse solo per un quarto mutaforma. Che i loro figli probabilmente non sarebbero mai stati in grado di mutare. Che lui avrebbe perso la sua posizione di alfa perché la sua compagna era debole.

Ma oltre al suo intenso bisogno fisico di lei, c'era di più. Aveva iniziato a capirla meglio. La sua valutazione iniziale di lei come diva avrebbe potuto essere stata sbagliata. Lavorava nei fine settimana come barista per sopravvivere: non era estranea al duro lavoro. Aveva sopportato un fidanzato perdente per un forte senso di lealtà. Lui poteva pensare che fosse totalmente fuori luogo, ma ammirava alla follia quel sentimento. Lei si legava come una mutaforma.

Era dolce come il miele quando lui non si comportava da stronzo e nonostante le sue frequenti dimostrazioni di sfida, aveva una risposta innata al dominio. Ogni volta che aveva vinto, la sua resa era stata spettacolare. Tenera. Bellissima. Non si era mai sentito così legato a un altro essere, mutaforma o umano, in vita sua.

Quindi sì, si meritava un caffè quella mattina. E se fosse riuscito a capire come far funzionare l'accoppiamento con lei, una casa.

Scese dalla macchina per mettersi in fila, fissando la lavagna con l'enorme varietà di scelte. Dannazione. Avrebbe dovuto chiederle che tipo di bevanda al caffè le piaceva invece di cercare di sorprenderla con quella quando si fosse svegliata.

Per la prima volta in assoluto, gli importava davvero di rendere felice una donna, la sua donna.

Il telefono squillò e lui aggrottò la fronte, guardando un numero che non riconosceva.

«Sono Steele.»

«Ho bisogno del tuo aiuto.» Riconobbe immediatamente la voce tesa e disperata. La nuova mutaforma in città.

«Cosa c'è?» chiese bruscamente.

«Jayden, mio figlio, è stato investito da un'auto. Gli umani lo hanno portato in ospedale in ambulanza.»

«E ora chiunque ti stia cercando ti troverà» concluse. A meno che l'auto non gli avesse fracassato il cranio, il ragazzo si sarebbe ripreso dall'incidente in pochissimo tempo. Troppo in fretta perché i dottori potessero capirlo. Inoltre, sua madre avrebbe dovuto mostrare un documento di identità e dare il suo nome o rischiare di allertare i servizi sociali.

«Sì.»

«Dove sei adesso?»

«Al San Francis.»

«Arrivo subito.»

Abbandonò la caffetteria e salì sul furgone. Per un breve momento, pensò di andare a prendere Melissa, perché forse era più brava a calmare la madre sconvolta, ma poi si rese conto di quanto sarebbe stato pericoloso per lei trovarsi in mezzo a una guerra di mutaforma.

Le mandò un messaggio mentre se ne andava, informandola della situazione e dicendole di starsene tranquilla e di contattarlo se avesse avuto un'emergenza.

Mentre guidava verso l'ospedale, si ricordò del ragazzo. Jayden aveva l'aspetto di un cane randagio malmenato. I segni di abusi passati erano nei suoi occhi cauti e nel suo viso scarno, ma il modo in cui aveva guardato Cody e risposto alla sua offerta di denaro mostrava che era intelligente e desideroso di compiacere. Doveva aiutare quei tre. Sarebbe stato dannato se avesse lasciato che chiunque li avesse spaventati li riprendesse dal suo territorio.

Compose il numero da cui Colleen, o qualunque fosse il suo vero nome, lo aveva chiamato appena arrivato al San Francis e trovò la famiglia terrorizzata in una piccola sala visite nel reparto pediatrico. Non c'erano dottori o infermieri in giro per visitarli, quindi non perse tempo e non fece domande. Semplicemente sollevò il ragazzo, allungò il collo per assicurarsi che il corridoio fosse libero e lo portò fuori. La madre e la sorella del ragazzo lo seguirono, pronti a una fuga silenziosa.

«Cosa è successo, ragazzo?» chiese mentre correva giù per le scale, avendo deciso che l'ascensore era troppo popolato per la loro fuga.

Fiutò la paura nel ragazzo, che doveva avere circa dieci o undici anni. «Sono stato investito da un'auto» borbottò.

«Cosa ti fa male?»

«La testa. E la gamba si era rotta.» Usò il trapassato prossimo perché la gamba era già quasi completamente guarita, anche se la famiglia sembrava malnutrita, il che avrebbe potuto influire sulla sua capacità di rigenerarsi. Spiegava perché i denti mancanti di sua madre erano ricresciuti solo parzialmente.

«Ti sentirai meglio tra qualche ora.» Aprì la portiera lato passeggero del suo pick-up e inclinò il sedile in avanti per far salire la madre e la bambina sul sedile posteriore. «Come ti chiami?»

«Jayden.»

«E tu?» chiese alla bambina.

«Angie.»

Accomodò il ragazzo sul sedile anteriore e chiuse la portiera. Sembrava che nessuno si fosse accorto della loro partenza frettolosa.

«Da quanto lontano sarebbero venuti?» chiese a Colleen mentre usciva dal parcheggio dell'ospedale.

«Kentucky.» Le si spezzò la voce.

«In quanti?»

«Il branco è enorme: centocinquanta membri. Se arrivassero solo gli uomini, sarebbero ottanta o novanta.»

Strinse i denti. Il suo branco non sarebbe stato all'altezza. Quello di Ben, invece, poteva gestirli. La domanda era: voleva che questo fosse il suo favore di ritorno da parte di quel tizio? Non gli piaceva l'idea di fargli saldare quel debito così presto e per qualcosa che non era proprio affar suo. Ma non avrebbe lasciato nemmeno quella donna senza protezione.

«Ti riporterò a casa mia finché non troveremo la strategia migliore. Potrei nasconderti a Denver, dove c'è un branco più grande per proteggerti se ci sono problemi.»

Lei scosse la testa. «Un branco più grande significa più lupi che potrebbero conoscerlo... o parlare.»

«Lo prenderemo in considerazione.» L'irritazione per la situazione in generale rese il suo tono più tagliente di quanto volesse.

Nello specchietto retrovisore, la vide sussultare e abbassare la testa. «Mi dispiace, Alfa.»

Sbuffò esasperato. Stava cercando di conquistare la sua fiducia, non di costringerla alla sottomissione. «Perdonata» borbottò.

Arrivò a casa sua e portò dentro il ragazzo, con Colleen e Angie che lo seguivano.

Melissa li accolse sulla porta, con la fronte aggrottata dalla preoccupazione. Si diede da fare, offrendo cibo e bevande e, quando rifiutarono, preparò comunque un piatto di pancake, fette di mele e una pila di fragole. Li posò sul tavolino con sciroppo, piatti e forchette.

I bambini presero subito il cibo, divorandolo in cinque minuti netti. Melissa raccolse il piatto vuoto e ne preparò un secondo, che portò con dei bicchieri di succo d'arancia.

Parlò poco, cercando di trovare un programma in televisione per tenere occupati i bambini in modo che gli adulti potessero parlare, guardando Melissa con gratitudine. Le sue allegre chiacchiere riempirono lo spazio, allentando la tensione e distraendo i bambini.

* * *

Melissa notò che Cody aveva quell'espressione vagamente preoccupata che aveva avuto durante la riunione del branco, come se avesse troppe cose sulle spalle e volesse sistemare tutto.

«Parliamo fuori sul portico sul retro, i bambini stanno bene qui» disse.

Si alzò, poi esitò, non sapendo se si riferisse anche a lei o se volesse parlare in privato con Colleen.

Lui colse la sua indecisione e annuì. «Puoi venire anche tu.» A Colleen disse: «È un'amica del branco e sotto la nostra protezione. Ci si può fidare.»

Colleen non la guardò negli occhi, ma borbottò: «È in parte lupo.»

«Come lo sai?» chiese sorpresa.

La femmina scrollò le spalle. «Lo so e basta.»

Cody sorrise vagamente. «I tuoi istinti da lupo sono migliori dei miei; non l'ho capito subito.»

«Ho dovuto usarli per sopravvivere ogni giorno.» Si sedettero sui gradini posteriori, dato che Cody non possedeva mobili da giardino.

Appoggiò gli avambracci sulle ginocchia, le mani strette tra loro. «Allora, qual è la tua storia?»

La donna non sembrò sorpresa dalla sua franchezza. Forse era una cosa da mutaforma. Anche suo cognato era piuttosto diretto. Ricordava che Ashley l'aveva chiamata il giorno in cui l'aveva incontrato e lo aveva paragonato a Batman con la sua autorità cupa e monosillabica.

Colleen si lisciò i capelli biondi, giocherellando con le punte. Aveva occhi verde-azzurri e un bel viso a forma di cuore. Melissa l'aveva inizialmente valutata come più grande a causa della tensione intorno alla bocca e agli occhi, ma ora che ci faceva caso, la donna sembrava troppo giovane per avere figli così grandi. Non poteva essere molto più grande di Melissa.

«Il nostro alfa ci vuole indietro. È il mio compagno. O almeno, lui pensa di esserlo.» Qualcosa nel modo duro in cui disse l'ultima frase diede un'idea dell'acciaio che si nascondeva sotto quell'aria da cane preso a calci. Melissa quasi sorrise.

«L'hai lasciato.» Le parole di Cody suonavano più come un'affermazione che una domanda.

Colleen annuì. «Mia sorella ci ha aiutati a scappare dopo che lui aveva picchiato Jayden così tanto che non era guarito in tempo per andare a scuola.»

Sentì il sangue defluire dal suo viso.

Gli occhi di Cody si posarono sui suoi, e lei ricordò il loro litigio del giorno prima. Si era sbagliata. Cody non era per niente come il marito di questa donna, o il suo compagno, come lo chiamava. Solo un mostro avrebbe picchiato un bambino in quel modo.

«Siamo in fuga da un mese. Non sono riuscita a trovare molto lavoro, a parte pulire le case. Non volevo usare la mia carta d'identità da nessuna parte, nel caso in cui potesse rintracciarla.» Scrollò le sue spalle sottili. «Non so come funzionano queste cose.»

«Neanch'io ne sono sicuro. Penso che se ha sporto denuncia di scomparsa per voi tre, allora c'è la possibilità che se vi presentate in quell'ospedale allertiate la polizia della sua zona. Abbiamo un amico nelle forze dell'ordine che potrebbe essere in grado di informarci.»

«Apprezzo il vostro aiuto. Di entrambi.» Guardò Melissa. «Sei stata davvero gentile con i miei cuccioli, ed è da molto tempo che non vediamo un volto amico.» Gli occhi le si riempirono di lacrime.

Melissa si spostò per sedersi più vicina a lei, poi le mise una mano esitante sulla schiena e la accarezzò. «Non lasceremo che nessuno prenda te o i tuoi figli» promise, incrociando lo sguardo di Cody per chiedere il suo consenso.

«No, non lo faremo.» Il suo sguardo sobrio si posò sul suo viso e lei ci vide così tanto onore e gentilezza che quasi la distrussero.

* * *

Dopo che tutti ebbero mangiato la pizza che Cody aveva ordinato per cena, trascinò Melissa in garage per scambiare due parole in privato. Il suo commento del giorno prima sulla violenza lo aveva messo sulla difensiva, ma ora, essendo a stretto contatto con la violenza domestica, aveva bisogno di provare a spiegarle le cose.

Lei lo guardò con aria fiduciosa, i suoi grandi occhi erano vigili.

«Ascolta, Melissa.» Si passò le dita tra i capelli. «Quello che hai detto ieri...»

«Mi dispiace» intervenne lei. «So che non è la stessa cosa.»

Un'ondata di calore lo attraversò. Era stata fantastica con la famiglia, impegnandosi per mettere a proprio agio

Colleen e i bambini. Forse non era una mutaforma, ma aveva il tipo di abilità da padrona di casa/madre di branco che la rendevano la compagna perfetta per un alfa.

«Siamo... fisici. È vero. Guariamo in fretta, quindi mostrare il dominio fisico non causa mai a nessuno danni duraturi.»

Un'ombra le attraversò il viso. «Un maschio dominante è il più aggressivo, ma ha anche un bisogno innato di proteggere, soprattutto quelli molto più deboli di lui, come i cuccioli.» Indicò la casa. Gli faceva male pensare a un lupo alfa che abusava di quei poveri bambini. «E il meccanismo per garantire la sicurezza di una femmina è semplice. Le sue lacrime innescano una risposta immediata nel compagno. Calmano ogni aggressività e producono un potente bisogno di risolvere qualsiasi problema la faccia piangere. In una situazione come quella di Colleen, qualcosa è andato terribilmente storto. Un lupo deve essere malato di testa per ferire i suoi cuccioli e la compagna in quel modo.»

«Ha senso. Come ho detto, non avrei dovuto giudicare. È solo una novità per me.»

«Spero di non averti spaventata o fatto sentire insicura. Non è mai stata questa la mia intenzione.»

Scosse la testa. «Non l'hai fatto. Sei solo... arrogante e autoritario. Onestamente, credo di essere più turbata da quanto questo mi eccita, che da qualsiasi cosa tu abbia fatto.»

Curvò le labbra mentre si avvicinava a lei. «Tesoro, non so cosa sia questa cosa tra noi, ma...»

«È solo sesso» disse lei troppo in fretta.

Lui fece una smorfia. «Non credo» disse a bassa voce. «Il mio lupo interiore mi ha urlato di marchiarti fin dalla prima volta che ci siamo toccati.»

Lei si lasciò scappare un leggero sbuffo. «Accoppiarti? Con un'umana? Non rovinerebbe la tua capacità di guidare il branco?» Sentì l'amarezza nella sua voce e fu sorpreso che lei ne sapesse abbastanza sulle dinamiche del branco da capire.

«Sì. Lo so. Ho combattuto contro questo, ma...»

Aggrottò le sopracciglia e lui si rese conto troppo tardi di aver detto la cosa sbagliata. Lei si irrigidì e si sforzò di deglutire. «È solo sesso» disse con fermezza.

«Aspetta.» Cercò di afferrarla, ma lei gli sfuggì dalla presa.

«No, hai ragione. Dovresti assolutamente resistere. Un morso da accoppiamento potrebbe essere pericoloso per un essere umano. Non posso rischiare la vita per accoppiarmi in modo permanente con un operaio edile che ho appena incontrato. Sarebbe da pazzi.»

Le sue parole lo colpirono come un blocco di cemento nel petto. Forse aveva pensato la stessa cosa sul fatto che fosse solo sesso, ma ora... provava molto di più per lei. Sentire che lei pensava ancora che lui fosse così al di sotto del suo livello fu un duro colpo per il suo ego. No, era più di questo, ma non riusciva nemmeno a considerare le implicazioni di una vera compagna che non ricambiava il suo affetto in quel momento.

«Giusto, principessa. Be', non preoccuparti. Domani puoi smetterla di fare la sguattera con me e tornare alla tua vita perfetta.» Le passò accanto ed entrò in casa.

* * *

Gli occhi di Melissa bruciavano. Non aveva avuto intenzione di ferire Cody, per niente. Si stava proteggendo, difendendosi dal suo crescente desiderio di essere... amata da Cody. Rivendicata da Cody. Voleva che la marchiasse, sempre di più ogni volta che erano insieme, ogni volta che avevano avuto un'interazione, ogni volta che era stata testimone della sua leadership gentile e del suo potere.

Se fosse stata completamente onesta con sé stessa, avrebbe riconosciuto di essersi già innamorata di lui, da qualche parte tra il modo in cui l'aveva tenuta stretta quella prima notte in cui aveva pianto e il modo in cui avevamo guardato i film insieme la sera prima.

Ma lui disprezzava gli umani. Non voleva essere accoppiato con lei, nonostante la loro reciproca attrazione. Non gli avrebbe tagliato le gambe quando era così nuovo a guidare un branco e stava cercando di lasciar andare la peggiore opinione che suo padre aveva di lui.

Quindi gli aveva dato una via d'uscita.

Non si sarebbe mai aspettata di vederlo così colpito dalle sue parole. Era impallidito, i pugni serrati lungo i fianchi, i muscoli che gli ticchettavano nella mascella. Trattenendo le lacrime, entrò in casa piano. Era calato il silenzio: il soggiorno era vuoto, fatta eccezione per il gigantesco lupo argentato accoccolato vicino alla porta, che guardava in modo ostentato lontano da lei.

Cody doveva aver dato la sua camera da letto a Colleen e ai suoi figli, lasciando il divano per lei.

«Cody?»

Il lupo la ignorò.

«Non intendevo—»

Cody arricciò il labbro e scoprì le zanne, emettendo un basso ringhio.

Lei si bloccò, ogni istinto umano le urlava *scappa e salvati la vita*, anche se sapeva che non le avrebbe fatto del male. Perse quel che le restava del coraggio di provare a parlargli, però.

Si sedette sul divano e abbracciò un cuscino, sapendo che probabilmente non avrebbe chiuso occhio.

Capitolo tredici

S i svegliò con il collo rigido e un dolore al cuore. La famiglia Kentucky stava bisbigliando in camera da letto, ovviamente restando dentro finché non fossero stati sicuri che si fosse svegliata. Nessuna traccia di Cody.

Fece un sacco di rumore mentre si dirigeva verso la doccia, per far sapere agli altri ospiti di Cody che era sicuro uscire. Quando uscì, Colleen era in piedi in cucina, con la mano sulla porta del frigorifero, e sembrava insicura.

«Non so dove sia andato Cody, ma vorrebbe che tu ti servissi di qualsiasi cosa» disse.

«Oh, okay.» Sembrò sollevata. «Vado a preparare delle uova, ne vuoi un po'?»

«Sembra fantastico, grazie.» Lasciò che Colleen facesse il suo dovere in cucina.

Sperando di rallegrarsi con buone notizie, controllò la sua e-mail, ma l'agente di CJ Steele non aveva risposto alla sua offerta. Il che significava che era scaduta.

Quella era una stronzata: era un'offerta a prezzo pieno e la casa era ancora in vendita. Prese il telefono e chiamò Brad Johnson, l'agente.

«Sì, sono Melissa Bell, ho fatto l'offerta per la casa di CJ Steele in Old North End due giorni fa.»

L'agente grugnì.

«Perché non è stata accettata? Hai un'altra offerta?»

«No, non ho un'altra offerta. Mi dispiace che la tua sia scaduta prima che il proprietario avesse la possibilità di decidere. Avresti dovuto dare all'offerta più tempo per essere presa in considerazione.»

Sbuffò. «Cosa c'era da considerare se era il prezzo pieno e non c'era un'altra offerta?»

Brad emise un verso impaziente. «Per essere sincero, ho avuto la sensazione che avesse a che fare con te, personalmente.»

Un'ondata di freddo la percorse. L'aveva messa definitivamente al bando a causa di quel primo stupido affare? Non sarebbe stato giusto. Tutto ciò che voleva era una relazione positiva con quell'uomo. E vivere in una delle sue case.

«Come?»

«Non lo so. Ha detto che doveva pensarci, non era sicuro che questa casa fosse adatta a te, o qualcosa del genere.»

Il freddo si trasformò in un caldo pungente. «C'è un modo per contattarlo? Parlargli direttamente?»

«Sai che non rivelerò le sue informazioni personali.» La condiscendenza nella sua voce le fece venire voglia di dargli un calcio negli stinchi.

Riattaccò senza salutare e colpì il mousepad del suo Chromebook. Doveva esserci da qualche parte un elenco con il numero di telefono del tizio. Nei registri fiscali della contea, o sulla licenza commerciale o qualcosa del genere. Cercò su Google CJ Steele Construction e questo produsse facilmente un numero.

Il suo pollice volò sulla tastiera per comporlo e si alzò e

camminò avanti e indietro oltre le finestre panoramiche, sapendo che i bambini stavano probabilmente ascoltando ogni parola.

Lo schermo lampeggiò il nome "Cody" mentre la suoneria risuonava sia dal telefono che, attutita, dal garage.

Si sentì la voce di Cody. «Sono in garage.»

Il cuore le balzò in gola.

Premette il pulsante di fine chiamata e fissò lo schermo vuoto nel più grande momento assurdo della sua vita.

Cody era CJ Steele?

No... forse era solo il numero che Steele aveva usato per elencare la sua azienda. Ma prima ancora di finire il pensiero, lo scartò. Cody doveva essere Steele. Era così ovvio ora, che il pensiero la uccise.

C stava per Cody.

Perché diavolo non glielo aveva detto? La rabbia ribolliva, calda e densa.

Marciò verso il garage e spalancò la porta.

Cody aveva messo la sua Ducati sui supporti, stava facendo qualche tipo di manutenzione o riparazione.

Si chiuse la porta alle spalle, non volendo dare spettacolo a Colleen e ai suoi figli. «Quindi, scommetto che hai pensato che fosse divertente prendermi in giro. *Fai un'offerta bassa per la casa*, mi hai consigliato.»

Cody si alzò e si pulì il grasso dalle mani con uno straccio. La sua espressione si fece tremolante.

«Non vedevi l'ora di rimettermi al mio posto, vero?»

«Ora aspetta un attimo...» iniziò.

«Stavi morendo dalla voglia di farlo fin dal momento in cui ci siamo incontrati per la prima volta.» Spalancò le braccia. «Pensi che io sia una principessina viziata che non sa rompersi un'unghia. Immagino che ti sarai fatta un sacco di risate mentre mi dilungavo sul grande e famoso CJ Steele.»

Socchiuse gli occhi. «Non capisco perché sei arrabbiata. Non dovrei esserlo io?»

Aprì la bocca e la richiuse. «Perché dovresti essere arrabbiato? Potresti comprare e vendere mezza città. Tutto quello che volevo era una dannata casa, ed ero disposta a pagare il prezzo intero.»

Cody corrugò la fronte.

«Ma non vedevi l'ora di scaricarmi questa in testa. Ti fa sentire bene? Ora puoi dominare la cosa che desidero di più? Farmi strisciare per essa. È questo che vuoi?» Si mise le mani sui fianchi. «Perché lo farò. So che è quello che ti piace, non è vero?»

Gli si arrossò il viso e gli occhi divennero azzurri, la rabbia gli illuminò il volto. «Non capisco il problema. Sei tu quella che pensa di essere troppo per me, *l'umile operaio edile*. Non mi consideri nemmeno come un compagno. Ora ne sono degno? È diverso ora che sai che ho i soldi?»

La vergogna e l'umiliazione la travolsero. Aveva ragione. Lo aveva giudicato male. Forse era per questo che era così arrabbiata: i suoi pregiudizi la imbarazzavano.

«No» sbottò. «I soldi non possono aggiustare uno stronzo.» Girando sui tacchi, tornò di corsa in casa e sbatté la porta dietro di sé.

Nel garage, il rumore di un attrezzo di metallo che sbatteva contro un muro e poi contro il pavimento di cemento echeggiò.

Il telefono squillò nello stesso momento in cui qualcuno bussò alla porta d'ingresso. Abbassò lo sguardo sullo schermo.

Ashley aveva scritto un messaggio: «Siamo arrivati!»

Che tempismo. Corse verso la porta e la spalancò. Ignorando i due enormi mutaforma accanto alla sorella, la afferrò e la strinse in un forte abbraccio.

* * *

Cody imprecò e raccolse un'altra chiave inglese da lanciare, ma l'odore di due lupi maschi lo fece irrigidire e si lanciò all'interno, invece.

Melissa era stretta in un abbraccio con una donna che sembrava identica a lei, solo che aveva i capelli un paio di centimetri più corti. Accanto a loro c'erano Mark Ruhl, di cui avrebbe riconosciuto l'odore se il suo cervello fosse stato più lucido, e il lupo che doveva essere Ben Stone.

«Siamo tornati presto» disse Ben, per salutarlo. «Volevo far uscire Melissa da Colorado Springs prima di pagare.» Lui e Mark rimasero fuori sul gradino, mostrando deferenza al territorio di Cody come alfa della sua città.

«Entrate.»

Ben entrò e tese il palmo, che Cody strinse per primo, prima di quello di Mark. «Grazie per il tuo aiuto. Ti sono debitore.»

Cercò di rimanere concentrato su Ben, ma il suo sguardo continuava a scivolare su Melissa, le sue viscere si contorcevano. Ora se ne sarebbe andata.

Non avrebbe mai più dovuto vederla.

Ogni cellula del suo corpo si ribellò all'idea. Il suo lupo moriva dalla voglia di afferrarla e tenerla stretta a sé, di rifiutarsi di lasciarla uscire dalla sua proprietà. Mai.

Ma non poteva essere. Avevano appena dimostrato più e più volte di essere totalmente incompatibili. A lei non importava di lui, pensava che fosse inferiore. E a lui non avrebbe dovuto importare di lei. Non avrebbe dovuto desiderare un'umana.

Incrociò lo sguardo penetrante di Stone e si diede una scossa mentale. Melissa si era trasferita dentro e sembrava che stesse rapidamente preparando le sue cose.

«Che ne dici?»

«Scusa, di cosa?»

Non lasciarla andare, ringhiò il suo lupo.

Anche i suoi nuovi ospiti avevano perso la concentrazione sulla conversazione quando avevano sentito l'odore di Colleen. Mark la guardò a bocca aperta in cucina, dove si era ritratta come per nascondersi.

Con uno sforzo, Cody distolse la sua attenzione da Melissa e fece cenno a Colleen di avvicinarsi. «Colleen, vieni qui, per favore.»

I suoi occhi verdi sembravano cauti, ma obbedì, camminando lentamente nella stanza mentre si asciugava le mani sui jeans. Anche i suoi figli, che stavano giocando al computer in camera da letto, uscirono, in piedi sulla porta della camera da letto.

L'espressione di Mark era diventata predatoria e Colleen rispose al suo interesse, tirandosi i capelli biondi fuori dalla coda di cavallo e lasciandoli cadere sulle spalle.

«Questa è Colleen. Lei e i suoi figli potrebbero aver bisogno di più protezione di quanta il mio branco possa fornirgli.»

«Possono stare con me.» Mark rispose prima ancora che finisse di parlare, prima ancora di sentire da cosa lei avesse bisogno di protezione.

Per lui andava bene. Non riusciva a concentrarsi, non riusciva a pensare mentre il suo lupo artigliava e graffiava appena sotto la superficie.

Non. Lasciarla. Andare.

Stava sudando, il dolore della transizione era acuto come se la luna fosse ancora piena.

Melissa non lo aveva guardato mentre si muoveva per la casa, raccogliendo le sue cose. Aveva preparato una borsa da viaggio. Da dove venisse, non era sicuro.

«Se vuoi starne fuori, il mio branco può gestire l'incontro» stava dicendo Stone. Le sue parole risuonavano fioche sopra il rombo nelle sue orecchie.

Scosse la testa. «Mi occuperò io dell'incontro.»

«Sei sicuro?»

«Ne sono sicuro.»

«Ruhl verrà con te, con il supporto del mio branco. Anche del tuo, se vuoi. Porterò le femmine e i cuccioli a Denver finché non sarà finita.»

Non la mia femmina.

Ma non era la sua femmina. Non l'aveva marchiata. Dannazione! Perché non l'aveva marchiata? In quel momento, non gli importava che fosse umana, o se lei pensava che lui fosse abbastanza per lei. Le avrebbe dato tutto ciò che aveva sempre desiderato. La casa dei suoi sogni. Vestiti, trucchi. Fiori. L'avrebbe trattata come la fottuta principessa che era. Perché l'aveva presa in giro con il nomignolo che le stava così bene?

La stanza gli roteava intorno, troppo calda.

No, Melissa doveva andare. Doveva mettersi al sicuro, Stone aveva ragione. L'avrebbe protetta come la sua compagna. Era la sua famiglia.

Fece diversi respiri profondi per schiarirsi la vista. Stone lo guardò con uno sguardo critico. Ruhl era immerso in una conversazione con Colleen, che sembrava ringiovanita di cinque anni mentre gli sorrideva timidamente.

Melissa gli passò accanto e appoggiò la mano sulla maniglia della porta. «Ti restituirò la roba che mi hai comprato non appena mi pagheranno.»

«Non voglio i tuoi soldi. Melissa...»

Si fermò, il suo sguardo azzurro lo colpì con la forza di una palla da demolizione.

La mente si svuotò. L'animale si era avvicinato troppo alla superficie perché potesse esprimere pensieri coerenti.

Abbassò le labbra. «Ci vediamo in giro.» Il dolce mormorio trasudava tristezza, sconfitta.

Lui le aveva fatto questo. L'aveva fatta a pezzi, si era comportato come un adolescente sulla difensiva. Era ancora quel ragazzino orgoglioso e stupido che suo padre aveva buttato fuori dodici anni prima? Aveva bisogno di dimostrare qualcosa al mondo? A Melissa? O forse a suo padre? Stava ancora cercando di guadagnarsi la sua approvazione con l'intenzione di accoppiarsi con una femmina alfa invece che con la donna che amava? Sì, *l'amava*.

Fanculo.

Lui era un alfa. Non aveva bisogno di dimostrare niente a nessuno. Se avesse voluto una bella meticcia rossa, avrebbe dovuto reclamarla.

Ma lei stava camminando sul marciapiede, lontano da lui. E non si era voltata indietro. Nemmeno una volta.

Il petto gli bruciava come se gli avessero squarciato la gola, ma si bloccò, lasciandola andare via. Fuori da casa sua e dalla sua vita.

Questo era sbagliato. Sbagliatissimo.

Melissa si tenne insieme solo perché Colleen e i suoi figli erano con loro. Si stampò un sorriso tirato sul viso e salì sul sedile posteriore del SUV nero lucido di Ben. Nonostante ciò, sia Ashley che Colleen le lanciarono occhiate di comprensione.

Non aveva ingannato nessuno.

«Non rinunciare a lui» mormorò Colleen.

Sollevò le sopracciglia fino all'attaccatura dei capelli.

La donna arrossì. «Lo so, non conosco nessuno di voi due, ma non ho potuto fare a meno di sentire la vostra lite. E so che lui ci tiene a te.»

Deglutì. Ci teneva? O gli piaceva scopare? «Cosa te lo fa pensare?»

«Il modo in cui ti segue con gli occhi, ovunque tu vada. Come si rilassa e allo stesso tempo si agita quando è vicino a te. L'espressione sul suo viso quando te ne sei andata.»

Il suo respiro si fermò, la pressione dietro il viso aumentò.

Ashley si era girata sul sedile del passeggero anteriore per guardarla, e persino Ben lanciò un'occhiata nello specchietto retrovisore. «C'è qualcosa che devo sapere?»

Roteò gli occhi. Suo cognato era un po' scarso nei rapporti interpersonali. «No» disse con decisione.

Argomento chiuso.

Lei e Cody non erano fatti l'uno per l'altra. Lo aveva capito dal momento in cui l'aveva incontrato. Forse erano molto attratti, ma sapevano solo litigare.

Chiuse gli occhi e si passò una mano sul viso.

Doveva solo vederlo un'ultima volta e poi avrebbe potuto andarsene. Iniziare la sua nuova vita. Senza di lui. E senza la sua casa di CJ Steele.

Il dolore le si contorceva nel cuore, la trascinava giù e la sventrava. Tutta la sua eccitazione per la sua nuova vita senza Jeremy era svanita. Rimaneva solo il vuoto.

Tuttavia, aveva un piano a breve termine. Cody non lo sapeva, ma aveva preso i soldi che Ben gli aveva trasferito per la consegna a Rabago. Li aveva nella borsa ai suoi piedi. Non aveva intenzione di tenerlo coinvolto ancora a lungo. Aveva pianificato di trovare Jeremy e portarlo all'incontro. Se si fossero presentati entrambi con i soldi, Rabago avrebbe dovuto lasciarli andare, liberi da qualsiasi obbligo. Se non avesse portato Jeremy, c'erano buone probabilità che sarebbe finito morto. Glielo doveva, dopo che le aveva salvato la vita.

Giocherellava con il telefono in grembo, programmando l'Uber per andare dal cugino di Jeremy, e poi tornare a Colorado Springs quella sera. Sì, sarebbe costato una fortuna, ma ne valeva la pena per potersi definitivamente mettere tutto questo alle spalle.

Domani avrebbe affrontato il resto della sua vita.

Capitolo quattordici

Cody si aggirava irrequieto per casa mentre Mark recuperava le armi.

«Venti membri del mio branco saranno qui tra poche ore» disse Mark. «Penso che dovrebbe bastare senza che tu metta a rischio i tuoi. Voglio che tutti rimangano in forma umana e usino una pistola. Non posso giustificare gole strappate e tagli di artigli una seconda volta.»

Annuì distrattamente, senza chiedere quando fosse stata la prima volta. Ovunque guardasse vedeva segni della permanenza di Melissa. L'elastico che aveva usato per tirarsi indietro i capelli giaceva sul tavolino. Aveva lasciato il Chromebook che le aveva comprato in cucina, i suoi vestiti erano impilati ordinatamente piegati sull'asciugatrice.

«Mi trovi in garage se hai bisogno di me» borbottò, sentendo il bisogno di stare da solo.

Dannazione. Si era comportato come un idiota. L'aveva davvero accusata di essere un'approfittatrice? Lei non era così, e lo sapeva. Questa era una donna che si preoccupava profondamente di un adolescente povera con i capelli blu e di una famiglia di mutaforma abusata che aveva appena incontrato. Una donna che diceva che non avrebbe mai perdonato suo padre per averlo cacciato di casa. Una donna che si preoccupava per il suo ex fidanzato buono a nulla che l'aveva messa in pericolo di vita.

Perché le aveva tenuto nascosto che era CJ Steele?

La verità avrebbe potuto essere semplice come il fatto che gli piaceva sentirla parlare di lui. Significava che non le importava di lui, della persona? Che le importava solo di un ideale che si era creata nella sua mente su chi fosse CJ Steele?

Forse.

O forse no. Amava il suo lavoro. E lui era l'uomo che aveva creato quel lavoro. Poteva arrivare ad amarlo? Il suo corpo rispondeva sicuramente al suo tocco. E le volte in cui aveva abbassato la guardia, cosa che lui, bisogna ammetterlo, non aveva reso facile, le cose erano state facili tra loro. Così facili che forse lo avevano spaventato a morte. Non si era mai sentito così vicino a una donna, soprattutto non a una che aveva appena incontrato. Soprattutto non a un'umana. *In parte* umana.

In parte mutaforma.

Ma ogni volta che si era avvicinata, l'aveva respinta. Era stato sprezzante, chiuso e un vero e proprio idiota in diverse occasioni. Ora che aveva di nuovo sua sorella e Stone, non avrebbe avuto bisogno di lui. Non avrebbe avuto scuse per starle vicino, per tenerla stretta a sé.

Avrebbe dovuto marchiarla!

Ma no, questo non avrebbe cambiato le cose per lei. Lui sarebbe stato ancora nella stessa barca, con il bisogno di una donna che forse non avrebbe mai più voluto vederlo.

Se solo avesse mostrato almeno un pizzico di fascino. Di

cavalleria. Se solo si fosse impegnato di più per conoscerla, o per mostrarle di più di sé. Invece era stato irritabile e sulla difensiva.

Ogni minuto che passava lo rendeva sempre più agitato, mentre la sua vera compagna si allontanava sempre di più da lui.

Le sue dita lavoravano senza pensare, armeggiando con la Ducati. Pulì e ingrassò le stesse parti più e più volte.

I minuti si trasformarono in ore. La sua mente era annebbiata in una foschia di auto-umiliazione, alternata alla ferrea determinazione di conquistare l'affetto di Melissa a tutti i costi non appena Rabago fosse stato sistemato.

Il branco di Denver iniziò ad arrivare e lui entrò per ascoltare Mark che assegnava ruoli e armi.

Il suo telefono squillò e guardò lo schermo. «È Stone» disse a Mark e fece scorrere lo schermo per rispondere. «Cosa c'è?»

«Melissa se n'è andata.» Le parole concise di Ben gli fecero gelare la pelle.

«Dove?» gracchiò.

«Non lo so. Ashley pensa che per qualche motivo stia tornando a Colorado Springs. Stai all'erta.»

Stava andando all'incontro. Il pensiero lo colpì con la certezza della verità.

«Aspetta un attimo.»

Quella borsa da viaggio con cui era partita... cosa c'era dentro? Aveva visto tutte le cose che le aveva comprato ancora sparse in giro per casa sua. Si diresse rapidamente all'armadio dove aveva nascosto i soldi e lo aprì. La borsa era vuota.

Cazzo.

«Ha preso i soldi. Ha intenzione di andare lei stessa alla consegna.»

Ben imprecò ad alta voce.

«Me ne occuperò io.» Riattaccò prima che Ben potesse rispondere. Non c'era altro da dire. Melissa sarebbe finita in una trappola mortale senza abbastanza sangue di mutaforma per salvarsi da un foro di proiettile. Doveva arrivare lì e fermarla prima che venisse uccisa. «Muoviamoci» abbaiò, anche se non aveva autorità sul branco di Ben.

Si infilò una pistola nella cintura dei jeans e corse verso il suo furgone, avviandolo prima che il resto del branco avesse finito di uscire. Si lanciò verso il luogo dell'incontro, l'unico posto in cui gli veniva in mente di trovarla.

Il piano originale di Mark era di far entrare il suo branco di nascosto, senza farsi vedere. Forse avrebbe comunque giocato quella carta. Tutto ciò che Cody sapeva era che doveva arrivare prima di Melissa. Con il piede premuto a tavoletta sull'acceleratore, strisciò verso la strada che portava al parcheggio abbandonato che Rabago aveva designato per l'incontro. Nascose il suo furgone dietro una siepe sulla strada, non volendo richiamare l'attenzione sul suo arrivo.

Sentendo lo scricchiolio delle gomme, si ritrasse nell'ombra. La Range Rover blu che era stata parcheggiata davanti alla casa di Melissa quella prima notte svoltò nel vialetto e lui si tuffò in un fosso lì vicino per nascondersi. Altre due auto la seguirono lungo il vialetto.

Combatté il desiderio di mutare per proteggere sé stesso e la sua femmina e corse lungo il fosso che portava al parcheggio.

Il pick-up Toyota bianco che era stato anche davanti alla casa di Melissa era parcheggiato lì, insieme alla Range Rover blu e ad altre auto. Il pick-up era di Melissa? Non l'aveva immaginata come il tipo di ragazza che guidava un pick-up, ma in fondo l'aveva giudicata male in almeno una mezza dozzina di modi, no?

Il lotto sembrava un progetto di costruzione mai terminato. Le fondamenta e la struttura in cemento si stagliavano come spettri contro il cielo scuro. Ripose la pistola nel palmo della mano e si mosse silenziosamente, aggirando l'edificio da dietro.

Voci maschili profonde echeggiavano sui muri, distorcendo il suono e rendendogli più difficile tracciare la loro posizione. Sembravano dividersi, giravano in tondo.

«Pronto?»

Il suo cuore si fermò. Era la voce tesa di Melissa, che chiamava.

«Siamo qui. Abbiamo i soldi. Jeremy li ha recuperati per te.» La sua voce tremò sulla bugia.

«Sì, li ho recuperati dai ragazzi che ti hanno derubato.»

Con chi cazzo era? Jeremy?

Digrignò i molari, desiderando uccidere quel figlio di puttana. L'intento di Melissa era quello di assicurarsi che Jeremy uscisse pulito dal suo pasticcio? Era per questo che aveva rischiato la vita per venire qui oggi? Quel bastardo non meritava la sua lealtà.

«Inginocchiatevi, mani dietro la testa» urlò Rabago.

Cody non riusciva ancora a vedere nessuno, ma non sembrava che fossero nella stessa zona. Strisciò lungo un muro di cemento e sbirciò dietro un pilastro. Melissa e Jeremy erano in ginocchio, le dita intrecciate dietro la testa. Il borsone con i soldi giaceva davanti a loro.

Merda.

Non si metteva bene. Rabago avrebbe sparato a entrambi non appena avesse verificato che i soldi erano lì e non c'era niente che Cody potesse fare, non con Melissa così vulnerabile.

Avvertì l'odore di mutaforma ovunque: si stavano muovendo silenziosamente.

Rabago e quattro uomini entrarono nell'area da tutte le direzioni, circondando Melissa e Jeremy, con le pistole puntate alla testa.

«Controlla.» Rabago fece un cenno con la testa indicando i soldi.

Uno dei suoi ragazzi si lanciò in avanti, correndo sulle ginocchia piegate, tenendo la testa bassa finché non raggiunse la borsa. La afferrò e la tirò indietro prima di guardare dentro. «Sì, sembra che sia tutto qui.»

Cazzo.

Le narici di Melissa si dilatarono e lei girò la testa nella sua direzione, come se lo avesse fiutato. Ma era impossibile.

Rabago la vide girare la testa e spostò la pistola per mirare in direzione di Cody, sparando.

«Melissa, sta giù» urlò e saltò fuori, sparando a Rabago e mancando il bersaglio quando il tizio saltò dietro un pilastro. Il rumore degli spari da tutte le direzioni echeggiò sui muri, assordandolo.

Melissa e Jeremy caddero a terra. L'uomo con i soldi era stato colpito e Jeremy strisciò verso la borsa che aveva sulla pancia.

Cody si lanciò verso Melissa, prendendo due proiettili al petto.

«*No!*» Lei si lanciò verso di lui, l'orrore le rigò i lineamenti.

Il suo urlo e le ferite da proiettile lo costrinsero quasi a mutare, ma doveva restare in forma umana se voleva aiutarla. La riportò a terra e si sdraiò su di lei, tenendo la testa bassa.

«No» singhiozzò. «Oh, Dio, no. Cody...»

«Zitta, tesoro. Non muoverti.»

Soffocò il singhiozzo, strozzato per la sorpresa. Quella sciocca femmina doveva aver pensato che stesse morendo.

Jeremy quasi prese un proiettile alla testa, che colpì il terreno accanto a lui.

Cody sparò al tiratore di Jeremy, Rabago. Lo colpì dritto in mezzo alla fronte. Poteva ringraziare suo padre per i dieci anni di tiro al bersaglio e di caccia della sua infanzia.

Le esplosioni di spari si placarono e i mutaforma attraversarono la zona correndo, con l'aria organizzata di una milizia addestrata.

Le sirene risuonarono in lontananza e Mark tirò fuori il telefono. «Sparite, tutti tranne voi tre» ordinò, indicando Jeremy, Cody e Melissa.

Cody si sganciò dalla femmina e la aiutò ad alzarsi in piedi. «Stai bene, piccola? Sei ferita?»

Scosse la testa, mosse le labbra per formulare una parola ma non uscì alcun suono. «S-sei... stato colpito? Okay. Giusto? Sanguini.»

Povera piccola. La tirò contro il suo fianco, tenendola stretta con un braccio mentre teneva la pistola debolmente impugnata con la mano libera. «Sto bene. A meno che non sia un proiettile alla testa, i mutaforma si riprendono subito.» Le baciò i capelli. La sua reazione al colpo di proiettile era rimasta impressa per sempre nella sua mente.

Lei lo amava.

Jeremy cercò di rimettersi in piedi, ma Mark gli puntò contro la pistola. «Resta sul fottuto pavimento. A faccia in giù, mani dietro la testa.»

Jeremy obbedì. Le sirene si fecero più forti.

«Questo sarà un casino. Cercate di far parlare me, va bene?» borbottò Mark. «Getta la pistola, Steele.»

Lasciò cadere la pistola e avvolse entrambe le braccia attorno a Melissa. Il suo corpo tremò contro il suo. «Shh. Va tutto bene. Ora è finita. Andrà tutto bene» le mormorò contro i capelli.

Lei rabbrividì contro di lui e premette il suo corpo più vicino.

«Ti tengo io, tesoro. Non ti lascerò andare.»

Non ora. Mai. Per niente al mondo.

Capitolo quindici

Mark Ruhl in qualche modo riuscì a permettere a lei e Cody di andarsene dopo aver rilasciato le loro dichiarazioni, senza dover andare alla stazione di polizia. Jeremy non fu così fortunato. Ma ehi, era vivo. A parte questo, non era un suo problema.

Cody l'aveva tenuta stretta al suo fianco per tutto il tempo, e ora la stava accompagnando al suo mezzo. Le aprì la portiera del passeggero, però, e le tese la mano per prendere le chiavi.

Un'altra volta avrebbe potuto discutere. In quel momento, riusciva a malapena a formulare frasi, e la vista dei vestiti intrisi di sangue di Cody continuava a ricordarle l'orrore del momento in cui aveva pensato che fosse stato ucciso.

Avrebbe dovuto sapere che stava bene. Avrebbe dovuto ricordare la storia di Ashley su Ben che era stato colpito quando era stata ricattata, ma tutto ciò che provava in quel momento era un terrore bianco. Una paura terrificante e straziante che Cody fosse stato assassinato. A causa sua. E nello shock del momento, il suo più grande rimpianto era stato che sarebbe morto senza sapere cosa significasse per lei. Salì sul furgone e si sedette, aspettando intorpidita che Cody lo accendesse e tornasse in città. Non registrò la loro direzione, né nulla intorno a lei. Nelle orecchie le risuonavano ancora gli spari e le immagini della morte le balenavano davanti agli occhi in una macabra ripetizione.

«Cody...» Le si spezzò la voce. Doveva provare a dirglielo, a fare ammenda per le cose che aveva detto. «Non ho mai pensato che fossi... solo un operaio edile.» La lingua le sembrava troppo grande in bocca. La pressione aumentava dietro i suoi occhi e il naso. «Mi dispiace...»

«Silenzio, tesoro. Lo so.»

«No, per favore... voglio che tu sappia una cosa.»

Lui si voltò a guardarla, il viso era stanco, gli occhi tormentati. «Cosa, tesoro?»

«Stavo bluffando» sussurrò. «Quando ho detto che era solo sesso. Ogni volta che ti ho respinto. Eri troppo il mio tipo e avevo paura di fare un altro errore, ma non ho mai pensato che fossi inferiore a me.»

Cody parcheggiò il mezzo e si sporse per stringerle le dita. Guardò fuori dal finestrino, senza riconoscere il posto. Erano nel quartiere Old North End, ma non nella sua strada. Un'enorme casa vittoriana in mattoni sorgeva su un terreno appena risistemato. La casa aveva un aspetto usurato. Alcune delle modanature del rivestimento erano marcite in alcuni punti e aveva disperatamente bisogno di un nuovo tetto e di diverse mani di vernice.

«Dove siamo?»

Cody non rispose, ma girò intorno al furgone e le aprì la portiera, porgendole una mano per aiutarla a uscire. La tirò su contro il suo fianco e la accompagnò alla porta, tirando fuori le chiavi e infilandone una nella serratura.

«È una delle vostre case?»

«Sì.» La fece entrare.

Il suo istinto da agente immobiliare entrò in azione, una benedetta distrazione dallo shock della scena che si erano appena lasciati alle spalle. Prese appunti mentali su cosa sarebbe stato necessario fare per rendere quel posto vivibile e quanto avrebbe dedotto dal prezzo di vendita. Ma no, se Cody era il proprietario di quel posto, l'avrebbe sistemato lui stesso. Il che significava che probabilmente avrebbe messo in vendita quel posto per almeno ottocentomila dollari. Molto, molto fuori dalla sua portata.

«Non è ancora finita, ovviamente. Ho appena iniziato. Ma questa è la casa che pensavo ti sarebbe piaciuta. È il motivo per cui non ho accettato la tua offerta per l'altra.»

Sentì come se il suo cervello non riuscisse a mettersi in moto. «Non capisco.»

Cody la lasciò andare, facendo un passo indietro per strofinarsi la fronte. «È più grande, vedi. Qualcosa in cui noi potremmo crescere.»

«*Noi?*»

Un'espressione di miseria si insinuò nelle rughe sul viso di Cody. «Oppure puoi avere l'altra, se ti piace di più. O casa mia.» Abbassò le spalle. «Puoi avere qualsiasi casa tu voglia. Melissa...»

Sentì le lacrime salirle agli occhi. Trasse un respiro tremante, ma non parlò, volendo essere sicura di aver capito cosa stesse dicendo Cody.

Si sporse in avanti e le prese entrambe le mani. «Per favore, non piangere. Ho bisogno di te, piccola.» La fece girare e le avvolse entrambe le braccia da dietro. «Questa casa, principessa» sussurrò, il suo respiro le sfiorava l'orecchio. «La renderò perfetta per te. Per noi, se mi vuoi. C'è abbastanza spazio per dei cuccioli, qui. Un sacco di cuccioli, se ne vuoi.» Qualcosa le svolazzò nel petto. La speranza che aveva avuto paura di lasciarsi andare a provare. Rise attraverso le lacrime che le rigavano il viso. «Ne voglio un sacco. Almeno tre.» Cody si immobilizzò, poi la girò lentamente tra le sue braccia per guardarla in faccia. «Sì?»

Annuì.

«Con me?»

Inclinò la testa di lato. «Beh, pensavo che potrei vivere a casa tua ma invitare Jeremy...»

Il ringhio disumano proveniente dalla sua gola la fece strillare mentre la spingeva contro il muro e le copriva la bocca con la sua, ingoiando la sua risata. La sua lingua le sferzò la bocca mentre le tirava le ginocchia fino alla vita, premendo il cazzo sporgente contro il suo sesso. «Non è divertente» ringhiò. Le infilò due dita in bocca mentre i suoi fianchi si muovevano contro di lei.

Lei gli succhiò le dita, il calore le inondò il nucleo.

«Non dirmi mai più quel nome.» Le tirò la cintura dei jeans.

«Aspetta» gridò, temendo che glieli strappasse di dosso. «Me li tolgo io.»

I suoi occhi erano diventati di un azzurro pallido. «Ti farò sparire quel nome dalla coscienza. Hai capito?»

Lei stava quasi per raggiungere l'orgasmo in quel momento, solo per la minaccia possessiva. Le dita armeggiarono sul bottone dei jeans e se li spinse giù per i fianchi.

Lui le tolse le dita dalla bocca e le lanciò un'occhiata torva. «Ora, Melissa.»

I suoi canini erano più lunghi?

Avrebbe dovuto avere paura. Lui avrebbe potuto sicuramente farle del male. Ma a lei non importava. Voleva che la rivendicasse, la possedesse, pretendesse ogni singolo pezzetto di lei. Con un paio di saltelli su una gamba, riuscì a districarsi dai jeans e dalle mutandine.

Prima ancora che si alzasse, Cody l'aveva inchiodata al muro, con la maglietta tirata fino al collo e il reggiseno abbassato. Strinse le labbra intorno a un capezzolo e succhiò forte, i denti che le graffiavano la pelle sensibile.

Lei urlò.

«Sei la mia compagna, Melissa. Devo reclamarti. Mi dispiace, non so perché ho continuato a lottare.»

«Dispiace anche a me. Volevo che mi reclamassi, ma stavo cercando di proteggermi dal farmi male.»

Si aprì i jeans per liberare il cazzo. «Non posso fermarmi adesso» disse con voce stridula e lo spinse dentro senza preavviso.

Lei rabbrividì, stringendosi attorno a lui. Lui schioccò i fianchi e spinse ancora e ancora, mentre lei continuava a raggiungere l'orgasmo.

«A chi appartieni?» Questa volta ringhiò. «Dillo.»

«A te! Cody Steele. Solo a te.»

I suoi denti si erano decisamente allungati. Doveva sembrare spaventata, perché lui le coprì gli occhi con la mano. «Non guardare» ansimò. «Non muoverti. Oh, Dio, per favore non muoverti.» Sembrava che stesse soffrendo. Il suo bacino sbatteva contro il muro dietro di lei con una forza lancinante mentre la scopava forte e veloce. «Non riesco a fermarmi» gemette. «Non voglio farti male, piccola.» Con la vista oscurata, il suo bisogno divenne ancora più intenso.

Gli colpì la spalla dura come la roccia con un pugno. «Fallo» urlò.

Lui spinse in profondità. Un dolore acuto le trafisse la spalla, davanti e dietro.

Urlò.

Il suo corpo rabbrividì e sussultò, poi si rilassò gradualmente. I denti uscirono e lui leccò la ferita che aveva inflitto, lavando via il dolore.

I suoi muscoli interni svolazzavano ancora attorno al cazzo, ma anche lei si era rilassata e una terrificante sensazione di benessere la riempì. Ricordava Ashley che diceva che il siero che gli ricopriva i denti, il siero che l'aveva appena marchiata per sempre come sua, aveva prodotto un effetto simile a quello di una droga per alleviare il suo dolore.

Si accasciò contro il muro, i muscoli che si afflosciavano.

«Tesoro...» Cody le tolse la mano dagli occhi. «Oh, Dio, stai piangendo.»

Scosse la testa. «No, non è così.»

Ma Cody le asciugò le lacrime dal viso.

«Mi dispiace. Ti fa male? Voglio dire, certo che ti fa male. Cazzo.» Si staccò da lei e si spostò per prenderla sotto le ginocchia. «Va tutto bene, tesoro. Andrà tutto bene.» L'ansia sul suo viso mentre la scrutava le fece torcere il cuore.

Imprecò.

«Cody» borbottò, volendo calmarlo. «Sto bene.»

«Riesci a stare in piedi? Solo per un secondo, così posso rivestirti?»

La rivestì, poi la sollevò di nuovo tra le braccia e la portò fuori al suo furgone. Sebbene fosse completamente folle, e lei avesse cercato di dirglielo, Cody insistette per guidare con lei cullata sulle sue ginocchia, la schiena appoggiata alla portiera, i piedi che si riversavano sul lato passeggero. Fortunatamente, c'era meno di un paio di chilometri fino a casa sua.

La portò dentro casa e sul suo letto, dove si sedette con lei rannicchiata tra le braccia, piazzandole dei baci sulla sommità della testa mentre lei si addormentava, fluttuando in un'euforia di amore e pace.

* * *

Cody tenne in equilibrio in mano il caffè caldo e il sacchetto di panini e muffin per la colazione per aprire la porta. Il rumore della doccia che scorreva lo fece sorridere. La sua compagna era sveglia.

Sì, *compagna*.

Il concetto lo stordiva ancora minuto dopo minuto. Aveva trascorso l'intera notte a tenere Melissa in braccio, osservando le sue ferite chiudersi e iniziare a guarire, in modo dolorosamente lento rispetto a un mutaforma, ma comunque molto più velocemente di quanto avrebbero fatto un'umana.

Ben e Ashley si erano presentati alla sua porta poco dopo il loro ritorno, ma lui si era rifiutato di farli entrare. Era coperto del suo sangue e di quello di lei, e Ashley era terrorizzata, ma Stone intuì cosa fosse successo.

«L'hai marchiata» aveva detto, dilatando le narici.

Si aspettava quasi che Stone lo sfidasse, e il suo lupo interiore ringhiò, disposto a combattere fino alla morte per lei. Ma una volta che li ebbe rassicurati che stava bene, che stava solo dormendo per smaltire il siero e guarire, se ne andarono.

La doccia si chiuse. Mise il caffè e le leccornie sulla cassettiera e aspettò che lei uscisse.

Uscì con un asciugamano avvolto sotto le ascelle, la pelle pallida arrossata dall'acqua. Il sorriso che gli rivolse lo abbagliò.

Lui si avvicinò a lei e le spostò i capelli dalla spalla,

esaminando le ferite per la milionesima volta, poi baciandole una per una. «Come stai, tesoro?»

«Mi sento benissimo, in realtà.» Gli sorrise. In effetti, irradiava buona salute e benessere. La pelle era luminosa, gli occhi erano luminosi, un sorriso così pieno di gioia che voleva essere sicuro di non portarglielo mai più via dal viso. «Come stai tu?»

Lui si era fatto la doccia e si era cambiato, ma non aveva dormito: la preoccupazione per lei lo aveva tenuto sveglio tutta la notte. «Sto bene, vedi.» Lui sorrise e si sollevò la maglietta per mostrarle che le ferite da proiettile erano completamente guarite.

Lei allungò la mano per sfiorargli gli addominali con la punta delle dita, inviando un brivido di profonda consapevolezza attraverso il suo essere.

Compagna.

Lui afferrò i bordi del suo asciugamano e la tirò contro il suo corpo. Il suo calore umido permeò i vestiti, facendogli prudere la pelle per il contatto diretto. «Dobbiamo regolare i conti prima di poter andare avanti.»

I suoi occhi si dilatarono, i capezzoli si irrigidirono contro le sue costole. «Speravo che lo dicessi» disse con voce roca.

Le fece scivolare una mano sotto la nuca e gliela accarezzò. La sua eccitazione riempì la stanza. Lui aprì gli angoli dell'asciugamano, poi lo lasciò cadere, bevendo della sua vista. Ora che l'aveva marchiata, il prurito era sparito, ma il desiderio ardente continuava a bruciare.

Si tolse le scarpe e si arrampicò sul letto, sistemandosi con la schiena contro la testiera e battendosi le ginocchia.

Si avvicinò a lui, i seni rimbalzavano con il movimento, i capelli le cadevano sulle spalle come una tenda. Con uno strattone, la tirò in grembo e le schioccò ogni natica con un forte colpo.

Si dimenò, le mani volarono indietro per coprirsi il culo.

«Uh uh.» Le afferrò i polsi e glieli bloccò contro la parte bassa della schiena con una mano, e le diede qualche sculacciata con l'altra. «Non puoi coprirti.»

«Ahi» esclamò. «Pietà!»

Rise e le strofinò di nuovo il culo. «Ammetto che sono incline a mostrarti pietà. Infatti, sono pronto ad adorarti tra le gambe per ore e ore oggi.»

Gemette e allargò le gambe.

Le sue dita scivolarono nel mezzo, affondando nel dolce nettare e strofinandolo sul clitoride.

Lei sollevò il culo più in alto e allargò ulteriormente le gambe.

«Tesoro, cosa succede dopo che sei stata punita?»

«La mia ricompensa» ansimò immediatamente, come se l'avesse aspettata con grande anticipazione.

Ridacchiò e continuò a strofinare tra le sue gambe. I suoi succhi colavano dalla fica esposta, ricoprendogli le dita. Il desiderio prese il sopravvento e la fece rotolare sulla schiena e cadde su di lei, bloccandole i polsi sopra la testa mentre le baciava e le mordeva il collo e succhiava la punta rigida del suo capezzolo.

Lei gli avvolse le gambe intorno alla vita e gli tirò i fianchi contro il suo nucleo. «Prendimi» sussurrò. «Ho bisogno di te ora.»

La bestia ruggì emergendo dentro di lui. Si strappò la maglietta e si abbassò i jeans, impalandola con il cazzo.

Spalancò gli occhi, la bocca si aprì, ma ne uscì solo un sussulto strozzato.

«È di questo che hai bisogno, tesoro?»

«Sì» gemette.

Si dondolò di nuovo dentro di lei, spingendo in profondità, allargandola. «Non ho un preservativo, sai perché?»

«Perché?» ansimò.

«Perché ti ho reclamata, principessa. E metterò un cucciolo in quella tua dolce pancia prima che finisca il mese.» Non sapeva nemmeno da dove venissero quelle parole. Non aveva mai pensato di avere cuccioli, se non in un futuro molto lontano. Ma accoppiarsi con Melissa aveva cambiato tutto. L'idea di formare una famiglia con lei sembrava l'unica cosa giusta al mondo. Oltre a tenerla nel suo letto e farle restare quel sorriso sul viso, per sempre.

«Sei pazzo» rise.

Lui si appoggiò ai pugni e la martellò dentro. «Va bene? Mi tiro fuori se vuoi» riuscì a dire.

«No!» strillò. «Sono così vicina.»

«Vieni per me, principessa.»

Raggiunse l'orgasmo, le sue pareti interne gli strizzarono il cazzo, mungendolo. Con un ruggito, anche lui venne, continuando a scoparla in profondità e con forza, le cosce tremanti per il piacere del rilascio.

Si sollevò sugli avambracci e le morse il collo, baciandola e succhiandola fino alla spalla. Ancora sepolto dentro di lei, le scostò i capelli dal viso.

«Possiamo vivere nella casa per cui hai fatto un'offerta mentre io finisco quella grande» disse. Aveva una lista di cose importanti da discutere con lei e non voleva aspettare un altro minuto.

L'occhio visibile a lui si increspò mentre lei sorrideva. «E questo posto? Cosa userai come laboratorio?»

Le baciò la tempia e si allontanò da lei. «Questo potrebbe ancora essere il mio laboratorio. E la mia tana da uomo quando ti stancherai di me e mi caccerai fuori.»

Rise. «Non ci credo. Non hai bisogno di una tana da uomo. Perché non restiamo qui?»

«Perché tu odi questo posto.»

Si girò per guardarlo in faccia e si rannicchiò tra le sue braccia. «Non lo odio. Non mi dispiacerebbe riarredarlo, però.»

Le baciò il naso. «Tutto quello che vuoi, tesoro.»

Lei gli passò le unghie tra i peli del petto. «Voglio essere il tuo agente immobiliare.»

«Sì. Lo voglio anch'io.» Era nella sua lista di cose da sistemare tra loro.

Il suo sguardo volò al suo. «Davvero?»

«Stai scherzando? Pensi che lascerei che qualcun altro mostrasse le mie case? O che mi aiutassi ad acquistarle? Non sapevo nemmeno che esistesse un acquirente giusto per una casa finché non ti ho incontrato. Non mi accontenterò più di niente di meno.»

Gli sorrise raggiante.

Lui appoggiò la fronte alla sua. «Sei davvero tutta con me? Nessun rimpianto?»

«Non ancora.» Gli rivolse un sorriso malizioso. «Sono un po' nervosa, però» gracchiò un attimo dopo.

«Per cosa?» voleva uccidere ogni suo mostro interiore.

«Tutto. Ho paura che cambierai idea. O che finirai per essere uno stronzo, o un tossicodipendente o un pappone o qualcosa del genere.»

«Sappiamo già entrambi che sono uno stronzo, quindi non c'è soluzione. Ma un lupo accoppiato non cambia idea. Una volta che sei marchiata, sei mia per sempre, tesoro, e non mi stancherò mai di te. Funziona così.»

Gli avvolse le braccia intorno al collo e lo baciò. «Promesso?»

«Promessa di Alpha.» Ricambiò il bacio. «Vuoi davvero dei figli?»

«Sì. Sicuramente.»

«Subito?»

«Non mi avevi promesso che sarei rimasta incinta in un mese?»

Sorrise e la spinse sulla schiena, baciandola forte. «Stai sicura che ci proverò, tesoro. Mattina, mezzogiorno e sera.»

Fine

Per una scena bonus speciale sulla partecipazione di Cody e Melissa ai giochi mutaforma di Estes Park, **clicca qui.**

La protezione dell'Alfa

Il suo lupo mi vuole marcare. Non posso permettere che succeda.

In fuga con i miei figli, l'ultima cosa che mi aspetto è trovare il mio vero compagno.

Lui è magnifico: un tutore mutaforma e un uomo di legge per gli umani.

Un vero protettore. E vuole proteggerci dal pericolo. Prendersi cura di noi.

Vuole reclamarmi e farlo per sempre.

Ma non posso permetterglielo. Non quando potrebbe costargli la vita.

- Prossimamente

OTTIENI IL TUO LIBRO GRATIS!

Iscrivetevi alla newsletter di Renee per ricevere Preludio, scene bonus gratuite e notifiche riguardo a nuove pubblicazioni!

https://subscribepage.com/reneeroseit

Altri libri di Renee Rose

https://reneeroseromance.com/italiano/

Wolf Ridge High

Alfa Bullo

Alfa Cavaliere

Fratellastro Alfa

Re Alfa

Bastardo alfa

Alfa ribelli

Tentazione Alfa

Pericolo Alfa

Un premio per l'Alfa

Una Sfida per l'alfa

Obsession Alfa

Desiderio Alfa

Guerra Alfa

Missione Alfa

Tormento Alfa

Segreto Alfa

La Preda dell'Alfa

Il sole dell'Alfa

Sangue Alfa

La luna dell'Alfa

Giuramento Alfa

La vendetta dell'Alfa

Fuoco Alfa

Salvataggio Alfa

Ordine Alfa

I lupi di Wall Street

Grande capo cattivo – Mezzanotte

Grande capo cattivo – Il folle della luna

Grande capo cattivo - La marchiata

Grande capo cattivo: Gli accoppiati

Wolf Ranch

Brutale

Selvaggio

Animalesco

Disumano

Feroce

Spietato

Primitivo

Due Segni

Indomita (gratuito)

Tentazione

Deseada

Sedotta

Alpha Doms

La brama dell'Alfa

La punizione dell'Alfa

La promessa dell'Alfa

La protezione dell'Alfa

Padroni di Zandia

La sua Schiava Umana

La Sua Prigioniera Umana

L'addestramento della sua umana

La sua ribelle umana

La sua incubatrice umana

Il suo Compagno e Padrone

Cucciolo Zandiano

La sua Proprietà Umana

La loro compagna zandiana (gratuito)

Le spose zandiane

Notte degli zandiani

Comprata dagli zandiani

Dominata dagli zandiani

Luci zandiane: il romanzo della festa aliena

Trattenuta dallo zandiano

Reclamata dallo zandiano

I peccati di Chicago

La tana dei peccati

Radicato nel peccato

Uomo d'onore

Non provocarmi

Non tentarmi

Non costringermi

Dominami - la serie

Padrone reale

Sì, dottore

Padrone russo

Padrone marine

I suoi due padroni

Il padrone della segreta

Padrone di fuoco

Chicago Bratva

Preludio

Il direttore

Il risolutore

Posseduta

Il sicario

Il soldato

L'Hacker

L'allibratore

Il pulitore

Il playboy

Il guardiano

Vegas Underground

King of Diamonds

Mafia Daddy

L'autore

L'autrice oggi bestseller negli Stati Uniti Renee Rose ama gli eroi alfa dominanti dal linguaggio sboccato! Ha venduto oltre un milione di copie dei suoi romanzi bollenti, con variabili livelli di erotismo. I suoi libri sono comparsi su *USA Today's Happily Ever After* e *Popsugar*. Nominata *Migliore autrice erotica da Eroticon USA* nel 2013, ha vinto come autrice antologica e di fantascienza preferita dello S*punky and Sassy*, come miglior romanzo storico sul *The Romance Reviews* e migliore coppia e autrice di fantascienza, paranormale, storica, erotica ed ageplay dello *Spanking Romance Reviews*. È entrata dieci volte nella lista di *USA Today* con varie antologie.

Iscrivetevi alla newsletter di Renee per ricevere scene bonus gratuite e notifiche riguardo a nuove pubblicazioni!
https://www.subscribepage.com/reneeroseit

 facebook.com/Autrice-Renee-Rose-101548325414563
 instagram.com/reneeroseromance

www.ingramcontent.com/pod-product-compliance
Lightning Source LLC
Chambersburg PA
CBHW050316110726
47899CB00007B/2257